华烹饪古籍经典藏书

菽园杂记
升庵外集
（饮食部分）

[明] 陆　容　撰
　　　杨　慎

中国商业出版社

图书在版编目（CIP）数据

《菽园杂记》/（明）陆容撰 .《升庵外集》/（明）杨慎撰 . — 北京：中国商业出版社，2021.12
ISBN 978-7-5208-1870-4

Ⅰ.①菽… ②升… Ⅱ.①陆… ②杨… Ⅲ.①笔记小说—小说集—中国—明代 Ⅳ.① I242.1

中国版本图书馆 CIP 数据核字（2021）第 219411 号

责任编辑：包晓嫱　佟　彤

中国商业出版社出版发行
010-63180647　www.c-cbook.com
（100053 北京广安门内报国寺 1 号）
新华书店经销
唐山嘉德印刷有限公司印刷

*

710 毫米 ×1000 毫米　16 开　11.25 印张　100 千字
2021 年 12 月第 1 版　2021 年 12 月第 1 次印刷
定价：55.00 元
****
（如有印装质量问题可更换）

《中华烹饪古籍经典藏书》指导委员会

（排名不分先后）

名誉主任

姜俊贤　魏稳虎

主　任

张新壮

副主任

冯恩援　黄维兵　周晓燕　杨铭铎　许菊云

高炳义　李士靖　邱庞同　赵　珩

委　员

姚伟钧　杜　莉　王义均　艾广富　周继祥

赵仁良　王志强　焦明耀　屈　浩　张立华

二　毛

《中华烹饪古籍经典藏书》编辑委员会

（排名不分先后）

主 任

刘毕林

秘书长

刘万庆

副主任

王者嵩　郑秀生　余梅胜　沈　巍　李　斌　孙玉成

陈　庆　朱永松　李　冬　刘义春　麻剑平　王万友

孙华盛　林风和　陈江凤　孙正林　杜　辉　关　鑫

褚宏辚　滕　耘

委 员

林百浚	闫 囡	张可心	尹亲林	彭正康	兰明路
胡 洁	孟连军	马震建	熊望斌	王云璋	梁永军
唐 松	于德江	陈 明	张陆占	张 文	王少刚
杨朝辉	赵家旺	史国旗	向正林	王国政	陈 光
邓振鸿	刘 星	邸春生	谭学文	王 程	李 宇
李金辉	范玖炘	孙 磊	高 明	刘 龙	吕振宁
孔德龙	吴 疆	张 虎	牛楚轩	寇卫华	刘彧弢
王 位	吴 超	侯 涛	赵海军	刘晓燕	孟凡宇
佟 彤	皮玉明	高 岩	毕 龙	任 刚	林 清
刘忠丽	刘洪生	赵 林	曹 勇	田张鹏	阴 彬
马东宏	张富岩	王利民	寇卫忠	王月强	俞晓华
张 慧	刘清海	李欣新	王东杰	渠永涛	蔡元斌
刘业福	杨英勋	王德朋	王中伟	王延龙	孙家涛
张万忠	种 俊	李晓明	金成稳	马 睿	乔 博

《菽园杂记·升庵外集（饮食部分）》编辑委员会

主 任

刘万庆

注 释

王仁湘　李希绪　张燮明　刘万庆

译 文

王仁湘　李希绪　张燮明　刘万庆

编 委

曹 竑　辛 鑫

《中国烹饪古籍丛刊》出版说明

国务院一九八一年十二月十日发出的《关于恢复古籍整理出版规划小组的通知》中指出：古籍整理出版工作"对中华民族文化的继承和发扬，对青年进行传统文化教育，有极大的重要性"。根据这一精神，我们着手整理出版这部丛刊。

我国的烹饪技术，是一份至为珍贵的文化遗产。历代古籍中有大量饮食烹饪方面的著述，春秋战国以来，有名的食单、食谱、食经、食疗经方、饮食史录、饮食掌故等著述不下百种；散见于各种丛书、类书及名家诗文集的材料，更加不胜枚举。为此，发掘、整理、取其精华，运用现代科学加以总结提高，使之更好地为人民生活服务，是很有意义的。

为了方便读者阅读，我们对原书加了一些注释，并把部分文言文译成现代汉语。这些古籍难免杂有不符合现代科学的东西，但是为尽量保持其原貌原意，译注时基本上未加改动；有的地方作了必要的说明。希望读者本着"取其精华，去其糟粕"的精神用以参考。编者水平有限，错误之处，请读者随时指正，以便修订。

中国商业出版社

1982 年 3 月

出 版 说 明

20世纪80年代初，我社根据国务院《关于恢复古籍整理出版规划小组的通知》精神，组织了当时全国优秀的专家学者，整理出版了《中国烹饪古籍丛刊》。这一丛刊出版工作陆续进行了12年，先后整理、出版了36册，包括一本《中国烹饪文献提要》。这一丛刊奠定了我社中华烹饪古籍出版工作的基础，为烹饪古籍出版解决了工作思路、选题范围、内容标准等一系列根本问题。但是囿于当时条件所限，从纸张、版式、体例上都有很大的改善余地。

党的十九大明确提出："要坚定文化自信，推动社会主义文化繁荣兴盛。推动文化事业和文化产业发展。"中华烹饪文化作为中华优秀传统文化的重要组成部分必须大力加以弘扬和发展。我社作为文化的传播者，就应当坚决响应国家的号召，就应当以传播中华烹饪传统文化为己任。高举起文化自信的大旗。因此，我社经过慎重研究，准备重新系统、全面地梳理中华烹饪古籍，将已经发现的150余种烹饪古籍分40册予以出版，即《中华烹饪古籍经典藏书》。

此套书有所创新，在体例上符合各类读者阅读，除根据前版重新完善了标点、注释之外，增添了白话翻译，增加了厨界大师、名师点评，增设了"烹坛新语林"，附录各类中国烹饪文化爱好者的心得、见解。对古籍中与烹饪文化关系不十分紧密或可作为另一专业研究的内容，例如制酒、饮茶、药方等进行了调整。古籍由于年代久远，难免有一些不符合现代饮食科学的内容，但是，为最大限度地保持原貌，我们未做改动，希望读者在阅读过程中能够"取其精华、去其糟粕"，加以辨别、区分。

我国的烹饪技术，是一份至为珍贵的文化遗产。历代古籍中留下大量有关饮食、烹饪方面的著述，春秋战国以来，有名的食单、食谱、食经、食疗经方、饮食史录、饮食掌故等著述屡不绝书，散见于诗文之中的材料更是不胜枚举。由于编者水平所限，书中难免有错讹之处，欢迎大家批评、指正，以便我们在今后的出版工作中加以修订。

中国商业出版社
2019年9月

本书简介

此书是由《菽园杂记》《升庵外集》的饮食部分合编而成。

一、菽园杂记

为明代陆容所撰,共十五卷。这里选的是散见于全书各卷中有关饮食烹饪的部分,其中包括食品名称的考订、食物制备的方法、历史上有关饮食的传说、饮食器具的考证、食疗偏方的介绍、各地特有的出产以及当时的饮食风尚等内容,许多都是作者亲身经历和亲眼所见,具有一定的参考价值。这个注本系由《墨海金壶(嘉庆本)》本选出。

二、升庵外集

系明代杨慎撰。这里注释的仅是《饮食部》一卷。此卷中收录了饮食品目七十六条,述及茶、酒、粮、肉、蔬菜、水产、调味品、奇特食品,以及饮食掌故逸事等诸方面,时限上溯商周,下迄明代;地域东至沿海,西及巴蜀,南达交趾(今越南境地),北抵大宛(今费尔干纳盆地)。同时,对各种食品的产地品名、生产加工、烹制食用过程都作了简明的记叙,是研究中国古代烹饪的重要参考书。

中国商业出版社
2021年9月

目 录

菽园杂记
（饮食部分）

卷一······003

稷············003

梄梓···········004

软栗···········004

水晶盐··········005

冰果之器·········006

雪实···········006

赵大夫沟水········007

快儿···········009

卷二······011

羊脂···········011

冬春米··········012

牛心李··········013

卷三······015

斋打底··········015

馋············016

蛴螬···········017

鸱鹦公··········018

卷四······020

以盐为年·········020

疮痂···········020

黄鼠···········021

黍············022

不食糕··········023

苍山雪··········024

卷五······025

画葡萄··········025

不落荚··········027

不食酱··········028

火鸡食火·········029

海鲨变虎……031	鸡、茄……049
馈茶饼……032	蛊……050
蠮螉在东……033	急须……050
苦蘩菜……033	大菌……051
	压惊棍……052
卷六……**035**	镯……053
醋蜜酪……035	
即且甘带……036	**卷九**……**054**
秋姑……037	买以奉母……054
咏藕……038	大甓子……055
驴板汤……038	荻芽……055
张留儿菜……040	瓬……057
蒜菜……041	鸭脚树……057

卷七……**044**	**卷十**……**059**
还元水……044	芭蕉……059
皂角……044	荞……059
瓠……045	
炒猪肝……045	**卷十一**……**061**
鲍鱼……046	冷酒……061
鱼馁……047	鹿、兔……062
	蚺蛇……062
卷八……**049**	
蚬……049	

卷十二············**064**	饮酒············086
虾为眼············064	
卤水············065	**卷十五**············**088**
镢盘············066	黄瓜············088
黄瓜············067	不敢用饎············088
木绵花············068	蚰蜒············088
楼子牡丹············070	香薷汤············090
大鱼············070	

升庵外集
（饮食部分）

卷十三············**072**	
亭馆花木············072	
石首鱼············073	**茶类**············**093**
辟麝草············075	茶诀············093
猫胎衣············076	茶录············093
鬼蒺藜············076	茶子············097
轮回酒············078	蜜云龙············097
快活台············078	白乳、头金、蜡面······098
梨之从利············080	茶名············098
不食蟹············081	茶有九难············099
	煎茶············100
卷十四············**082**	油面············100
骰钉············082	茶榜············101
柏············083	茶寮············101
香蕈············084	取水············102

酒类·················103

酺字解·················103
化益玄醴···············106
酒·····················107
乳酒···················107
十年不败···············107
碧琳腴·················108
天门酒·················108
芦酒···················109
八桂···················110
绿纹螺、红粱酝·········110
琬液、琼苏·············111
醋、醯·················111
东风至而酒湛溢·········111
酒字音·················112
茗芋···················113
孔明戒子书·············114
曲·····················115
戒酒···················115
酢浆···················116
采醴雀饧···············118
浮注···················119

粮食品类··············120

饔飧···················120
粝粢毇精···············121
饭曰一顿···············125
竹根黄·················126
青精饭·················126
饛餤···················127
寒具···················127
粔籹、蜜饵、饧锽·······129
粉荔···················130
琼糜···················131
玉饵···················131
牢丸···················131
䔧蒉···················132
木面···················133

肉类··················135

脯腊臐胖···············135
煮羊···················137

水产品类··············138

蟹胥···················138
视肉···················139
竹笋江鱼···············141

嘉鱼……………………142

金齑玉脍………………142

蔬菜奇特食品……………144

侯骚蠚荠………………144

爁蠚……………………144

蜜唧……………………145

鸡菌……………………146

虀白韭黄………………147

余甘煎…………………147

调味品类…………………148

女麹……………………148

郭珍蜜赋………………148

竹蜜……………………148

刺蜜……………………149

蒟酱……………………150

䪢………………………151

八拗……………………155

伞子盐…………………156

树盐……………………156

饮食掌故…………………158

丰馈……………………158

饮食之侈………………158

祛疑说…………………159

冰厨……………………159

毕罗……………………160

䤅钉……………………161

凶年减膳………………161

菽园杂记

（饮食部分）

〔明〕陆　容　撰

王仁湘　注释/译文
刘万庆

卷一

糉①

朝廷每端午节,赐朝官喫②糕糉于午门外,酒数行③而出。文职大臣仍从驾④幸⑤后苑⑥,观武臣射柳⑦。事毕,皆出。上⑧迎母后幸内沼⑨,看划龙船,炮声不绝。盖宣德⑩以来故事也。

【译】朝廷每逢端午节,都要在午门外设宴,赐粽子给朝官们吃,饮酒数巡即出宫去。文职大臣仍跟随皇帝到后苑,观看武臣作"射柳"之戏。完事之后,文武大臣都散去。皇帝迎接母后观游于内沼,看龙船竞渡,炮声不绝于耳。这是明宣宗以来才有的事情。

---

① 糉(zòng):粽,粽子,又叫角黍。
② 喫(chī):同"吃"。古代吃食均写作喫,而"吃"专指口吃或形容笑声。
③ 行(xíng):通"巡",南音念巡为 xíng 而不为 xún。
④ 从驾:跟随皇帝。
⑤ 幸:特指皇帝到某处。
⑥ 后苑:皇族游乐狩猎的场所。
⑦ 射柳:古游戏名。折柳环插球场,军士驰马射之。见宋人程大昌撰《演繁露》。
⑧ 上:皇帝。
⑨ 内沼:供皇族游乐的湖池。
⑩ 宣德:明宣宗朱瞻基年号,共十年(公元 1426—1435 年)。

榅桲①

各镇戍镇守内官②，竞以所在土物③进奉，谓之孝顺。陕西④有木，实名榅桲，肉色似桃，而上下平正如柿。其气甚香，其味甚涩⑤。以蜜制之，岁为进贡。然终非佳味也。太监王敏镇守陕西时，始奏罢⑥之，省费⑦颇多。

【译】各镇戍负责镇守的宦官，都争相用所在地的土产向朝廷进贡，把这称作是孝顺。陕西有一种果木，果实名字叫榅桲，果肉颜色如桃子，形状却是上下平正如同柿子。它的气味很香，味道很涩。用蜜泡制后，年年都作为贡品进献。不过，这终究不算是什么美味。一个叫王敏的太监镇守陕西时，才上奏罢免这种进贡，节省了相当多的费用。

软栗

常熟⑧知县郭南，上虞⑨人。虞山⑩出软栗⑪，民有献南

---

① 榅（wēn）桲（bó）：落叶灌木或小乔木，果实有香气，味酸，可生食、制蜜饯及入药。
② 内官：宦官。
③ 土物：犹言土特产。
④ 陕西：地名。宋代所置十五路之一，辖境当今陕西和宁夏的秦岭以北和长城以南及附近地区。
⑤ 涩（sè）：使舌部感觉麻木难受的滋味。
⑥ 罢：停止。
⑦ 省费：节省费用。
⑧ 常熟：地名，今江苏常熟境。
⑨ 上虞：地名，今浙江上虞境。
⑩ 虞山：在江苏常熟西北。
⑪ 软栗：疑为"软木栎"，又称"青杠碗"，坚果可入药，有健胃、止痢、治痛疮之功。

者。南亟命种者悉①拔去。云：异日②必有以此殃害常熟之民者。其为民远虑如此③，因类记之④。

【译】常熟知县郭南，是浙江上虞人。常熟县的虞山出产软栗，有的百姓曾把它进献给郭南，郭南急忙下令种软栗的人全都把树拔去，并说将来必定会因这种软栗而闹出祸害常熟人民的事来。他为百姓想得如此之远，同太监王敏的事迹相似，故此记在这里。

水晶盐

环庆⑤之墟有盐池，产盐皆方块，如骰子⑥。色莹然明彻⑦。盖即所谓水晶盐也。池底又有盐根如石，土人⑧取之，规为盘盂⑨。凡煮肉贮其中，抄匀皆有盐味。用之年久，则日渐销薄。甘肃⑩、灵夏⑪之地，有青、黄、红盐三种，皆生池中。

---

① 悉：全，尽。

② 异日：将来。

③ 远虑如此：想得这样远。

④ 因类记之：因为相似而记录之。指郭南和王敏（见上文）为民之心同，所以把他们的事迹写在一起。

⑤ 环庆：地名。辖今甘肃东部和邻近的陕西部分地区，治所在庆州（今甘肃庆阳）。

⑥ 骰（tóu）子：旧时的一种赌具，一般叫"色（shǎi）子"。

⑦ 莹然明彻：光洁透明貌。

⑧ 土人：当地居民。

⑨ 规为盘盂：做成盘盂模样。

⑩ 甘肃：明九边之一，地当今甘肃嘉峪关以东、黄河以西及青海西宁附近一带。

⑪ 灵夏：地名，疑为"宁夏"。

【译】环庆那个地方有盐池，出产的盐都是方块形，状如赌具骰子，颜色光洁透明，这就是所谓的水晶盐。盐池底下还有像石头一样的"盐根"，当地人凿取出来，做成盘盂形状。每每把煮熟的肉存放在里面，拌匀后就都有了咸味。这种盘子使用时间一长，就一天比一天减薄了。甘肃和宁夏两地，生产有青盐、黄盐和红盐，这三种盐都是产自盐池中。

冰果之器

陕西布政司①，本唐宰相府。前堂屏扆②后，有方石池，中刻波浪纹，云是宰相冰果之器③。后堂簷④下有一石池，中地稍高，四周有走水渠，云是宰相用以割羊。

【译】陕西布政司所在的地方，原来是唐代宰相府的旧址。前堂的屏风后面，有一个石砌的方形池子，里面雕刻着波浪纹，据说是当初宰相冰藏水果的用具。后堂廊檐下也有一个石池，池中间略高一些，四周还设有流水的沟槽，据说是宰相府用于宰羊的设施。

雪实

居庸关外抵宣府驿递官⑤，皆百户为之。陕西环县⑥以北

---

① 布政司：地方行政区划名。明代宣德年后，全国的府、州、县分统于两京和十三布政司。

② 屏扆（yǐ）：屏风。

③ 冰果之器：冰水果的用具。

④ 簷（yán）：同"檐"。

⑤ 驿（yì）递官：驿站，供传递公文的人或来往官员途中歇宿、换马的处所。

⑥ 环县：地名，今甘肃环县境。

抵宁夏①亦然，盖其地无府、州、县故也。然居庸以北，水甘美，谷菜皆多。环县之北皆碱地②，其水味苦，饮之或至泄利③。驿官④于冬月取雪实窖中化水，以供上官⑤。寻常使官⑥，罕能得也。

【译】居庸关外一直到宣府，驿站都是百户设一个，陕西环县以北到宁夏也是如此，这是因为两个地方都没有府、州、县治所。不过居庸关以北的水很甜美，而且粮食、蔬菜都很丰足。环县北面都是盐碱地，那里的水味道很苦，喝了以后严重的还会腹泻。驿站官员在冬天把雪运到地窖内化成水，准备给过往的高级官员使用。至于一般的使官，那是很少能用上这雪水的。

赵大夫沟水

庆阳⑦西北行二百五十里，为环县。县之城北枕⑧山麓，周围三里许，编民⑨余四百户，而城居者仅数十家。戍兵⑩傲

---

① 宁夏：地名，泛指今宁夏银川一带。
② 碱地：盐碱地。
③ 泄利：腹泄。利，古同"痢"。
④ 驿官：管理驿站的官员。
⑤ 上官：高级官吏。
⑥ 使官：这里指传递公文的人员。
⑦ 庆阳：地名，今甘肃庆阳地区。
⑧ 枕：靠着。
⑨ 编民：编入户籍的平民。
⑩ 戍兵：守兵。

屋①，闾巷不能容，至假②学宫居之。其水味苦，乍饮之，病脾泄出，赵大夫沟③者，味甘。然去城十余里，岁祀④先师⑤，则取酿酒。不可以给日用也⑥。驿廪⑦稍供稻米，盖买诸庆阳。粟一斗，得稻米一升⑧，薪木⑨则买诸开城⑩。开城亦小邑，去环八十里，地有美薪，其愈环可知矣⑪。

【译】由庆阳往西北方向走二百五十里，就是环县。环县县城北靠山边，方圆有三里上下，编入户籍的百姓只有四百户，而住在城里的仅数十家而已。守备的兵士要租赁房屋居住，城里根本没法容纳，只好借学宫居住。那里的土地贫瘠，水味很苦，开始喝了后，导致病及脾脏以至腹泻。有一条叫赵大夫沟的水，味道是甜的，但离城有十多里。在祭祀先师时取那里的水来酿酒，但没法满足日常生活的需要。驿站粮库供应的稻米，都是从庆阳买来的，用小米一斗，只

---

① 僦（jiù）屋：租赁房屋。

② 假：借。

③ 赵大夫沟：赵大夫，人名，以人名命名的河沟。

④ 岁祀：一年一度的祭奠。

⑤ 先师：前学之师。指对先辈学人的一种礼拜仪式。

⑥ 不可以给日用也：赵大夫沟的水用于酿酒尚可，但满足不了日常饮用的需要。

⑦ 驿廪（lǐn）：驿站的粮库。廪，粮仓。

⑧ 粟一斗，得稻米一升：说的是以一斗粟换一升稻米。

⑨ 薪木：烧饭的柴草。

⑩ 开城：地名，离甘肃环县八十里。

⑪ 其愈环可知矣：指开成胜过环县，由此便可得知。

能换得稻米一升。所烧的柴草则由开城买来，开城也是一个小县镇，离环县八十里，那里有很好的木柴。开城胜过环县，由此便可得知。

快儿①

民间俗讳②，各处有之，而吴中③为甚。如舟行讳"住"、讳"翻"，以"箸④"为"快儿"，幡布⑤为抹布。讳"离""散"，以梨为"圆果"，伞为竖笠⑥。讳"狼籍⑦"，以榔槌⑧为"兴哥"。讳"恼躁"，以"谢灶⑨"为"谢欢喜"。此皆俚俗⑩可笑处。今士大夫有犯俗称"快儿"者。

【译】民间避讳的风俗，各地都有，尤以吴中地区最为突出。例如行船忌讳说"住"和"翻"，所以把吃饭的箸称作"快儿"，把幡布叫作"抹布"。忌讳说"离""散"，

---

① 快儿：筷子。

② 俗讳：忌讳的习惯。

③ 吴中：苏州府或吴郡的别称。

④ 箸（zhù）：筷子。《礼记·曲礼上》："饭黍勿以箸"。

⑤ 幡（fān）布：擦布。

⑥ 笠（lì）：遮阳挡雨的竹蔑编帽子。

⑦ 狼籍：杂乱不堪。

⑧ 榔槌：锤子。

⑨ 谢灶：犹称辞灶、送灶。每年腊月二十三日或二十四日，民间有祭灶神送灶王爷上天的风俗，见《日下旧闻考》《东京梦华录》和《酉阳杂俎》诸书。

⑩ 俚俗：地方风俗习惯。

就把梨称为"圆果",而把伞呼作"竖笠"。忌讳"狼籍",称榔槌为"兴哥"。忌讳"恼躁",又把"谢灶"说成"谢欢喜"。这些都是地方风俗的可笑之处,现在士大夫中也少不了有俗气地把箸称为"快儿"的人。

卷二

羊脂

回回教门①，异于中国者，不供佛，不祭神，不拜尸②。所尊敬者惟一"天"字，天之外，最敬孔圣人③。故其言云："僧言佛子在西空，道说蓬莱在海东。惟有孔门真实事，眼前无日不春风气。"见中国人修斋设醮④，笑之。初生小儿先以熟羊脂⑤纳其口中，使不能吐咽，待消尽而后乳之，则其子有力，且无病。其俗善保养者，无他法，惟护外肾⑥，使不着⑦寒。见南人著夏布裤⑧者，甚以为非，恐凉其外肾也。云：夜卧当以手握之令暖，谓此乃生人性命之根本，不可不保护。此说最有理。

【译】回回教与中国的不同之处，在于不供佛像，不祭神祇，不信鬼魂。它所信仰的唯有一个"天"字，除天之外，最崇敬孔子。所以有这样的说法："僧言佛子在西空，

---

① 回回教门：我国对伊斯兰教的旧称。

② 拜尸：对死者的礼拜仪式。回教只信仰唯一的"安拉"神，无其他鬼魂崇拜，所以"不拜尸"。

③ 孔圣人：孔子。这里泛指儒教。

④ 修斋设醮（jiào）：指信佛的人吃素和信道的人祭神。

⑤ 熟羊脂：加工熟了的羊脂肪。

⑥ 外肾：阴囊。

⑦ 着（zhuó）：穿戴。

⑧ 裤（kù）：同"裤"，裤子。

道说蓬莱在海东。惟有孔门真实事，眼前无日不春风。"看见中国人信佛的吃斋和信道的人祭神，就感到可笑。新生小儿先用熟羊脂塞到口里，不让咽下也不让吐出，待到羊脂化完后再喂奶给他吃，以为这样孩子有力气，而且不会生病。通常对身体保养得好的人，也没有更多的方法，只是注意阴囊的保护，不让它受冷着凉。看到南方人穿轻薄凉爽的夏布裤子，尤其认为不妥，生怕阴囊会着凉。说是晚上睡觉应当用手捂住阴囊，使它能保住温暖，认为它是人的性命的根本所在，一定要注意保护。这个说法最有道理。

冬舂米

吴中民家计一岁食米若干石①，至冬月②舂白以蓄之，名"冬舂米"。尝疑开春农务将兴，不暇为此③，及冬预为之。闻之老农云，不特④为此。春气动，则米芽浮起，米粒亦不坚，此时舂米多碎而为粞⑤，折耗⑥颇多。冬月米坚，折耗少，故及冬舂之。

【译】吴中百姓家里预计一年吃米若干石，到冬天时舂白了贮存起来，叫作"冬舂米"。我曾经以为是到春天后农

---

① 石（dàn）：旧制容量单位，一石为十斗。

② 冬月：农历十一月，泛指冬天。

③ 不暇为此：没有时间做这事。

④ 不特：不仅，不但。

⑤ 粞（xī）：碎米。

⑥ 折（shé）耗（hào）：物品在制造加工、运输和保管等过程中数量上的损失。

务太繁忙，没有空闲时间舂米，所以在冬天预先准备好。听到老农说，不仅仅是因为这个原因。春天气候回暖，稻米胚芽萌动，米粒变得不那么结实了，这个时候舂的米很多都破碎成细米，损耗不少。冬天时米比较坚实，损耗小，所以要在冬季舂米。

牛心李

京师有李，实名"牛心"，红核必中断，云是王戎①钻核遗迹。湖湘间有湘妃竹②，斑痕点点，云是舜妃③洒泪致然。吴中有白牡丹，每瓣有红色一点，云是杨妃④妆时指捻痕。有舜哥麦⑤，其穗无芒，熟时遥望之，焦黑若火燎然，云是舜后母炒熟麦⑥，令其播种，天佑之而生，故名。有王莽竹，每竿著土一节，必有剖裂痕，云是莽⑦将篡位，藏铜

---

① 王戎：西晋大臣，字濬（jùn）冲（公元234—305年），"竹林七贤"之一。史载他家有好的李子，卖时怕人得到种子，所以事先都把核钻穿了。事见《晋书·王戎传》。

② 湘妃竹：斑竹。详见下解。

③ 舜妃：传说中虞舜之妃。舜南巡苍梧而死，他的两个妃子在湘水边哭望苍梧，眼泪洒在竹子上形成斑点。这就是斑竹的传说，故此斑竹就有了湘妃竹的名称。

④ 杨妃：杨贵妃（公元719—756年），唐玄宗贵妃，小字玉环。天宝四年（公元745年）进册贵妃，十四年（公元755年）因"安史之乱"被缢杀于马嵬（wéi）驿佛堂。今陕西兴平西有她的衣冠墓。

⑤ 舜哥麦：又名舜麦、火烧麦、火烧头、无芒麦，是小麦的一种，红色。古代长江三角洲地区普遍种植，见《古今图书集成·草木典三十二卷麦部》。

⑥ 舜后母炒熟麦：传说舜早年丧母，父续娶，后母虐待舜，欲杀之，见《史记·五帝本纪》。炒熟麦事待考。

⑦ 莽：指王莽（公元前45—23年），初始元年（公元8年）篡位称帝，改汉国号为"新"。

人于竹中，以应符谶①而然。凡此固皆附会之说，然其种异常，亦造化之妙，莫能测也。

【译】京师种有一种李树，果实名子叫"牛心"，红色的李核中间必有断裂纹，传说是西晋王戎"卖李钻核"所留下的遗迹。洞庭湖及湘江一带生长着一种湘妃竹，竹青上斑痕点点，传说是舜帝两个妃子的眼泪滴洒在上面形成的。吴中有一种白色的牡丹，每一花瓣上都带有一点红色，传说是唐代杨贵妃梳妆时手指掐捻的痕迹。还有一种麦子叫"舜哥麦"，麦穗没有麦芒，成熟的时候由远处一望，焦黑发红，就像是被火燎过的一样，传说是虞舜的后母把麦种炒熟了让他去播种，老天保佑麦种还是生出芽来了，所以就有了今天这个名称。另有一种竹子叫王莽竹，每根都有一节长在土里面，而且还有裂纹，据说是王莽谋划篡位时，将小铜人偷偷藏在竹节当中，当作将要应验的一种预兆。凡此种种，虽然都是一些牵强附会的传说，可是那些植物种子不同寻常，也是自然形成的高妙之处，这是没人所能料想得到的。

---

① 符谶（chèn）：宗教神学中指将来要应验的预言、预兆。

卷三

斋打底

江西①民俗勤俭，每事各有节制之法，然亦各有一名。如喫饭，先一碗不许喫菜，第二碗才以菜助之，名曰"斋打底"。馔品好买猪杂脏②，名曰"狗静坐"，以其无骨可遗③也。劝酒菓品，以木雕刻，彩色饰之，中惟时菓④一品可食，名曰"子孙菓盒"。献神牲品⑤，赁于食店，献毕还之，名曰"人没分"。节俭至此，可谓极矣。学生读书人，各独坐一木榻⑥，不许设长凳，恐其睡也，名曰"没得睡"。此法可取。

【译】江西民间崇尚勤俭，每件事都各有一套节制的方法，而且还都有专门的名目。比如吃饭，吃第一碗饭不许吃菜，吃第二碗饭时方能用菜来帮助用饭，称之为"斋打底"。吃荤的喜欢买猪内脏等下水，称之为"狗静坐"，因为这些东西没有骨头可丢弃。用于劝酒的果品，都是用木头雕刻，并且涂有颜色，其中只有时令水果一种可供食用，称

---

① 江西：唐为江南西道，宋置江南西路，简称江西，相当于今江西。

② 猪杂脏：猪下水等。

③ 遗：丢掉。

④ 时菓（guǒ）：时令果品。菓，同"果"。

⑤ 牲品：动物类祭品。

⑥ 木榻（tà）：原指木床，这里指小方凳。

之为"子孙果盒"。祭神用的动物祭品，是从饭铺里租来的，仪式完毕再送还回去，称之为"人没分"。节俭到这种程度，可以说是到了极点。在学堂念书的学生，各自独坐一个小方凳，不许放长条凳子，恐怕他倒下睡觉，称之为"没得睡"。这个办法倒是可取的。

馂①

欧阳公言"馂""馅②"之讹，最为可笑。今俗吏于移文中，如价直之"直"作"值"，枪刀之"枪"写作"鎗"，"案桌"写作"案棹"，"交倚"写作"交椅③"，此类甚多。使欧阳公见之，当更绝倒④也。

【译】欧阳公以为"馂"讹误成"馅"，最是可笑。当今常见官吏在文书中把价直的"直"写作"值"，枪刀之"枪"写作"鎗"，"案桌"写作"案棹"，"交倚"写作"交椅"，这种情况多极了。倘使欧阳公看见，更会笑得前仰后合的。

---

① 馂（jùn）：吃剩下的食物。
② 馅：面食、点心等食品里的心。
③ 交椅：折叠椅，类似今之马扎。古时又称"胡床"。
④ 绝倒：形容笑得前仰后合。

蛴螬

当涂①民邵某,业②合韦③,事母孝,母病瞽④。日傭⑤归,必买市食以奉母。一日邵出,其妻得蛴螬虫⑥数枚,炙⑦以奉姑⑧,绐⑨云所亲佳馈⑩也。姑食而美⑪,乃留二三啖其子⑫。子见之,失声痛哭。母被惊,双目忽开明如平时。邵欲逐其妻,母曰:"非妇毒我,我目当再明,天使妇以此医我也。"邵乃留之终身。

【译】当涂有一个姓邵的人,从事合韦之事,事奉老母很孝顺,母亲眼睛已经瞎了。他每日做完活回家,都要在街市上买点东西给老母吃。一天,邵某出门去了,他的妻子弄来几条蛴螬虫,烤熟以后拿给婆婆吃,并且欺哄说是她的亲戚送来的美味食品。婆婆吃了觉得味道不错,就留下两三

---

① 当涂:古县名,今安徽当涂县境。

② 业:从事。

③ 合韦:不解,疑是一种手工生产名称。

④ 瞽(gǔ):眼瞎。

⑤ 傭(yōng):今作"佣",雇用的意思。

⑥ 蛴(qí)螬(cáo)虫:金龟子的幼虫,体白色,常弯成马蹄形。吃植物的根茎,是地下害虫。

⑦ 炙(zhì):烤。

⑧ 姑:古称丈夫的母亲,婆婆。

⑨ 绐(dài):欺骗,欺哄。

⑩ 佳馈(kuì):以食物送人,佳馈意即美食。

⑪ 美:这里作满意解。

⑫ 啖(dàn)其子:给她儿子吃。啖,吃或喂。

个准备给儿子尝尝。儿子一见，失声痛哭起来。老母受了一惊，两只眼睛忽然复明，就像过去健康之时。邵某气得想把妻子赶出门去，老母却说："这不是媳妇要害死我，而是我的眼睛注定要重见光明，是老天支使媳妇用蛴螬虫来医治我的眼睛的。"于是，邵某就把妻子终身留在了身边。

鸱鸮[1]公

南京国子监[2]，日有鸱鸮鸣于林间。祭酒[3]周先生洪谟[4]恶[5]之，令监生[6]能捕逐者，放假三日。一时跅弛[7]之士，多得放假，人目为"鸱鸮公"以讥之。其后刘先生俊[8]为祭酒，好食蚯蚓，监生名之曰"蚯蚓子"，以为鸱鸮公之对。

【译】南京国子监院内，发现大白天林木间有鸱鸮（猫头鹰）鸣叫，祭酒周洪谟先生对此十分讨厌，于是就命令监生中会捕捉猫头鹰的人，都放假三天捉鸟。一时间那些浪荡公子，都被允许停课放假，人们把他讥笑为"鸱鸮公"。后

---

[1] 鸱（chī）鸮（xiāo）：像猫头鹰一样的鸟。古代又指一种似黄雀、嘴尖似锥的鸟。

[2] 国子监：古代负责教育管理的最高机关，也是国家最高学府。始于晋代，称为"国子学"，隋以后改名国子监。

[3] 祭酒：学官名，为国子监的主管官。

[4] 周先生洪谟：周洪谟先生，人名。

[5] 恶（wù）：讨厌，憎恨。

[6] 监生：明清两代国子监肄业的，统称监生。

[7] 跅（tuò）弛（chí）：不受拘束，放荡。

[8] 刘先生俊：刘俊先生，人名。

来刘俊先生做了国子监的祭酒,他喜欢弄蚯蚓吃,被监生们称之为"蚯蚓子",与"鸱鸮公"应作一对。

卷四

以盐为年①

陕西人以"盐"为"年",以"咬"为"袅"②。

【译】陕西人把"盐"读为"年"的音,把"咬"念作"袅"的音。

疮痂

古人嗜味之偏③,如刘邕之疮痂④,僻谬⑤极矣。予所闻亦有非人情⑥者数人。国初⑦名僧泐季潭⑧,喜粪中芝麻,杂米煮粥食之。驸马都尉⑨赵辉⑩,食女人阴经月水。南京内官秦力强⑪,南京国子监祭酒刘俊,喜食蚯蚓。

【译】古时一些人嗜好之特别,有如南朝人刘邕喜食疮痂,荒谬到了极点。我听说的这类不合人之常情的也有好

---

① 以盐为年:把"盐"念作"年"。
② 以"咬"为"袅"(niǎo):把"咬"念作"袅"。
③ 嗜(shì)味之偏:喜好吃特别的东西。偏,特别。
④ 刘邕之疮痂:刘邕,南朝刘宋人,为南康郡公。喜食疮痂,以为味道似鳆鱼,还专令属下人互相鞭打,常以鞭疮痂为食。见《宋书·刘穆之传》。
⑤ 僻谬:荒谬乖僻。指性情古怪,不同于常人。
⑥ 非人情:不合人情。
⑦ 国初:这里指明代开国之初。
⑧ 泐(lè)季潭:人名。
⑨ 驸马都尉:为皇帝的近侍官员,无固定职事。都尉,官名。
⑩ 赵辉:人名。
⑪ 秦力强:人名,宦官。

几个人。本朝开国之初的名僧泐季潭，喜好将粪便中的芝麻调和着米煮粥吃。还有一位叫赵辉的驸马都尉，却喜欢喝妇女月经经血。另有南京宦官秦力强和南京国子监祭酒刘俊二位，他们喜好吃蚯蚓。

黄鼠①

宣府、大同②之墟，产黄鼠，秋高③时肥美，土人以为珍馔④。守臣⑤岁以贡献⑥，及馈送朝贵⑦，则下令军中捕之。价腾贵⑧，一鼠可值银一两，颇为地方贻害⑨。凡捕鼠者，必畜⑩松尾鼠⑪数只，名"夜猴儿"，能嗅黄鼠穴，知其有无。

---

① 黄鼠：又名礼鼠、拱鼠和地松鼠等。分布于我国北方地区。

② 宣府、大同：宣府，军镇名，今河北西北部内外长城一带，总兵官驻今河北宣化。大同，亦军镇名，治所在今大同。

③ 秋高：深秋。

④ 珍馔：美食。

⑤ 守臣：镇守官。

⑥ 贡献：献贡朝廷。

⑦ 朝贵：朝廷显贵。

⑧ 价腾贵：物价飞涨。

⑨ 贻（yí）害：遗下后患。贻，遗留。

⑩ 畜：养。

⑪ 松尾鼠：松鼠。

有则入啮①其鼻而出。盖物各有所制②，如蜀人③养乌鬼④以捕鱼也。

【译】宣府至大同一带盛产黄鼠，每当深秋时节长得很肥壮，当地人当作是美味之一。那里的镇守官每年都用来进贡皇上和馈赠朝廷显贵，到时候就下令守军出动捕捉。由此使得黄鼠价格飞涨，一只黄鼠就值白银一两，给地方上留下了一些后患。凡是捕黄鼠的人，必须养几只松尾鼠，名叫"夜猴儿"，它能凭借嗅觉找到黄鼠的洞穴，还能知道里面有没有黄鼠。如果有，它就钻进洞去咬着黄鼠的鼻子把它拖出来。什么东西都有制服的方法，如四川人养乌龟用于捕鱼也是如此。

黍⑤

朱子注《诗》云："黍，谷名，苗似芦⑥，高丈余，穗黑色，实圆重⑦。稷⑧，亦谷也，一名穄⑨，似黍而小。"尝

---

① 啮（niè）：咬。

② 物各有所制：尤言一物降一物。制，遏制，约束。

③ 蜀人：四川人。

④ 乌鬼：乌龟。《史记·龟策列传》："江傍家人常畜龟。"也有人以为乌鬼是鸬鹚，即鱼鹰，体黑色，善潜水逮鱼。

⑤ 黍（shǔ）：黍子，即黏黄米。

⑥ 芦：芦苇，多年生草本植物，多生水边。

⑦ 实圆重：籽粒圆且重。

⑧ 稷（jì）：谷子。

⑨ 穄（jì）：糜子，与黍子相似，但不黏。

与北方人论辨黍之形似，乃知所谓"苗似芦，高丈余"者，即今南方名芦粟①、北方名蜀秫②、其杆似秫秸③者是已。盖自是一种，非黍也。其所谓"一名穄，似黍而小"者，此乃是黍，非稷也。今北方人谓黍为"黄穄"，又名"黄米④"，粘腻可酿酒，则黍之名穄明矣。稷与黍甚相似，但不可酿酒耳。

【译】朱子注《诗经》说："黍，为谷子的名字，它的苗像芦苇，高一丈多，穗为黑色，籽粒圆形且重。稷，也是谷子的名字，又名穄，同黍相似，只是略小。"我曾经同北方人讨论黍的形状，才知道朱子所说的"苗像芦苇，高一丈多"的谷子，就是现在南方叫作芦粟、北方叫作蜀秫、秆像秫秸的庄稼。它自属另一种属，并不是黍。朱子所说的"又名穄，同黍相似，只是略小"的谷子，那才是黍，而不是稷。现在北方人把黍叫作"黄穄"，又叫"黄米"，是黏的，可以酿酒，由此看黍又叫穄是很清楚的。稷和黍虽然很相似，但却不能用来酿酒。

不食糕

唐人避讳甚者，父名"岳"，子终身不听乐⑤；父名

---

① 芦粟：甜高粱，高粱的一个变种，俗称甜芦粟，茎可生食或制糖。
② 蜀（shǔ）秫（shú）：疑即黏高粱。秫，古称黏性谷物为秫。
③ 秫秸（jiē）：高粱秆。
④ 黄米：黍子碾成的米。叫黏黄米。
⑤ 乐（yuè）：音乐。

"高",子终身不食糕;父名"晋肃",子不举进士。最为无谓①。

【译】唐朝人避讳有的比较过分,父亲名字叫"岳",儿子终身都不听音乐;父亲名叫"高",儿子终身不吃糕;父亲名叫"晋肃",儿子就不举进士。这些算是最没什么道理的了。

苍山雪

蜀中②气暖少雪。一雪③,则山上经年不消,山高故也。大理点苍山④,即出屏风石⑤处,其山阴⑥崖中,积雪尤多。每岁五、六月,土人入夜上山取雪,五更下山卖市中,人争买以为佳致⑦。盖盛暑啮雪⑧,诚不俗⑨也。

【译】西南四川一带气候温暖,极少下雪。一旦下雪,堆在山上的雪一年到头都不融化,这是因为山很高的缘故。大理的苍山,就是出产大理石的那座山,背阴的山崖中积雪很深。每年五六月间,当地人夜里摸黑上山取雪,五更天下山到街市上卖,人们争相购买,当成一种美好的享受。因为在炎热的夏天吃雪,本来就不是常见的事。

---

① 最为无谓:最没意义。无谓,没有意义。

② 蜀中:今四川一带。

③ 一雪:一旦下雪。

④ 大理点苍山:今云南大理之苍山,产大理石。

⑤ 屏风石:大理石。

⑥ 山阴:山背阴的一边。

⑦ 佳致:美好的情趣。

⑧ 啮雪:吃雪。

⑨ 不俗:不常见。

卷五

画葡萄

岳季方①能画葡萄，尝作《画葡萄说》。近于宣府李士常②家，见其自画一通③，笔画清劲不俗。其言"葡萄本中国名果，重④自上古，神农⑤九种，功力为最。世谓之大宛⑥归种汉宫⑦，皆未之考。意者初不经见，而博望⑧、贰师⑨之所得者，又将特异，遂附会之"。二此说有见⑩。又云："其干臞⑪者，廉也；节坚者，刚也；枝弱者，谦也；叶多荫者，仁也；蔓口不附者，和也；实中果可啖者，才也；味甘、平、无毒，入药力胜者，用也；屈伸以时者，道也。其德之全，有如此者。"予谓中果入药分"才""用"，似未

---

① 岳季方：人名。

② 李士常：人名。

③ 一通：一幅。通，量词，如一通鼓、一通电报。

④ 重：看重，重视。

⑤ 神农：古史传说人物，相传他发明了农业、制陶和纺织业。也有一说法，神农即炎帝。

⑥ 大宛：古西域国名，在今中亚费尔干纳盆地。张骞通西域后，公元前102年大宛降汉。

⑦ 归种汉宫：谓葡萄种在汉代由大宛引进而来。

⑧ 博望：张骞通西域，回汉封博望侯，事见《汉书·张骞传》，博望即张骞。

⑨ 贰师：汉将李广利于太初元年（公元前104年）发属国六千骑及郡国恶少年往大宛贰师城取善马，故号"贰师将军"，因有贰师之代名。事见《汉书·李广利传》。

⑩ 有见：有见地。

⑪ 臞（qú）：消瘦。

稳①。屈伸以时，人亦难之。盖京师种葡萄者，冬则盘屈其干而庇覆②之，春则发其庇而引之架上，故云。然此盖或种于庭，或种于园，所种不多，故为之屈伸如此。若山西及甘凉③等处深山大谷中，遍地皆是，谁复屈之伸之？

【译】岳季方会画葡萄，他曾写过一篇《画葡萄说》。近来在宣府李士常家里，见到李士常画的一幅葡萄，笔法清劲不同凡响。他说"葡萄本是中国有名的水果，在上古时代就备受重视，神农培育的九种植物中，以葡萄用力最多。历来都说是汉代由大宛传进来的，都未作深入的考证。人们以为葡萄开始不见于史籍记载，而通西域的张骞和李广利从大宛带回的葡萄又那么特别不同，所以就有了这种附会的说法"。这个看法极有见地。又说："葡萄藤瘦消的象征'廉'；节坚实的象征'刚'；枝细弱的象征'谦'；叶片多成荫的象征'仁'；蔓摇曳无所牵附象征'和'；果实中可以吃的象征'才'；味甘、平而无毒性且药力大的象征'用'；随季节能屈能伸的象征'道'。其寓德之全，到了这个程度。"我以为葡萄籽入药分"才"和"用"，好像未必妥当。随时间不同而能屈能伸，这一点就是人也很难办到。这是因为京师种葡萄的人，在冬天把藤干盘屈起来盖好，春天再打开牵到架子上，所以说能屈能伸。不过，这种

---

① 未稳：未必妥当。
② 庇（bì）覆：遮盖保护。
③ 甘凉：甘肃凉州卫，管辖今甘肃武威、永昌、民勤、天祝、古浪、永登等县地。

方法只适用于庭栽或园栽，种植不太多，所以能将它屈屈伸伸。要是在山西到甘肃凉州一带的深山大谷里面，遍地都长着葡萄，谁又能为它屈屈伸伸呢？

不落荚

释迦①生周昭王二十四年四月八日，中国人奉佛教者，于是日②祀其神。周正建子③，四月即今之二月也。今以夏正④四月八日为佛生日，非也。此说出《臞仙》⑤，最为有见。然今朝中以四月八日为"佛节"，赐百官喫"不落荚"⑥，莫有觉其非者⑦。

【译】释迦牟尼出生于周昭王二十四年四月八日，中国信奉佛教的人，就在这一天祭祀佛祖。周代历法以建子之月为岁首，四月就是现在的二月。现在以夏历四月八日为佛祖生日，这是不对的。以上这个说法出自朱权撰的《臞仙神隐》一书，很有见地。可是当今朝廷中仍以四月八日为"佛

---

① 释迦：释迦牟尼（约公元前565—前485年），佛教创始人，姓乔达摩，名悉达多，释迦族。释迦牟尼是佛教徒对他的尊称，意即"释迦族的贤人"。

② 是日：这一天。

③ 周正建子：周代历法，以冬至所在的建子之月（夏历十一月）为岁首。"建"指"斗建"，即北斗所指的时辰，由子至亥，每月迁移一辰。"正"即"正月"，岁首之月。

④ 夏正：夏代历法，以建寅之月（通常所说的阴历正月）为岁首。所以上文说周历的四月相当于通行阴历的二月。

⑤ 《臞仙》：书名，全称《臞仙神隐》（四卷），明人朱权撰。

⑥ 不落荚：食物名。清代震钧撰《天咫偶闻》云"丸而馅之者谓之窝窝"，即古之不落荚；明代李诩撰《戒庵老人漫笔》曰"端午赐食不落荚"，即今粽子。

⑦ 莫有觉其非者：没有知道这是不对的人。

节"，赏赐文武百官吃粽子，没有人知道这是不对的。

不食酱

青州①生员②古清③，恃才妄作④，凌虐乡里。死葬后，人发⑤其尸，支解⑥之，悬于林木。浚县⑦王都宪越⑧之父，既葬被发，而丧⑨其元⑩。求之不得，乃刻木以代而葬之。后食酱，至瓮底，其元在焉！王以是终身不食酱。

【译】青州有一个叫古清的生员，自恃有才，胡作非为，凌辱虐待乡亲。他死去埋葬后，乡人把他的尸体挖出来，砍去四肢，悬挂在树木上。浚县王宪越的父亲，刚一埋葬就被人挖出来砍去了头颅。怎么找也找不到，于是就用木头刻了一个头来代替，埋葬了。后来吃酱，吃至瓮底时发现老父的脑袋在里边！这个王宪越从此终身都不再吃酱了。

---

① 青州：府名。明初改益都路置，治所在今山东益都。

② 生员：古时官学的学生称生员，明清通称秀才。

③ 古清：人名。

④ 恃才妄作：仗自己的才能胡作非为。恃，凭仗。

⑤ 发：打发，掘开。

⑥ 支解：肢解，割去四肢，古时的一种酷刑。

⑦ 浚（xùn）县：今作浚县，在河南北部。

⑧ 王都宪越：人名，名、字合称。

⑨ 丧：失掉，丧失。

⑩ 元：头。

火鸡食火①

尝闻：火鸡食火；犀食棘刺②；野羊剖腹取脂，腹复生。又见《列子》③等书，言昆吾之剑④，切玉如泥；火浣之布⑤，入火愈鲜；不灰之木⑥，火爇⑦不坏。皆未之信。今日满剌加国⑧贡火鸡，躯大于鹤，毛羽杂生，好食炭火，驾部⑨员外郎⑩张汝弼⑪亲见之。甘肃之西有饕羊⑫，取脂复生，闻

---

① 火鸡食火：鸵鸟古称火鸡或食火鸡，见李时珍《本草纲目·鸵鸟》。又《太平广记》记：满喇伽国有火鸡，食火吐气。

② 犀食棘刺：犀牛所食为鲜枝、嫩叶、竹子和芒果等。

③ 《列子》：书名，相传为战国时列子（名御寇）所撰，原书已佚。今本《列子》一般认为是晋人的作品，其中保存了许多民间故事、寓言和神话传说，为道教的经典之一。

④ 昆吾之剑：同昆吾之刀。据《海内十洲记》：周穆王时，西胡献昆吾割玉刀，长一尺，切玉如泥。

⑤ 火浣之布：火浣布。见《水经注·漯水注》：南方有火山，火中有鼠重百斤，取其毛为布，谓之火浣布。《列子·汤问》：火浣之布，浣之必投于火。也有说是耐火木为布，火洗其污垢，即火浣布，见《太平广记》。

⑥ 不灰之木：角闪石，为平行较长而易劈为细丝形之纤维状物体，纤维富弹性，具耐酸、耐碱和耐热性能。

⑦ 爇（ruò）：点燃，焚烧。

⑧ 满剌加国：十四至十六世纪马来西亚马来亚封建王国，郑和出使曾屡至其国。

⑨ 驾部：古官署名，属六部之一的兵部。

⑩ 员外郎：官名，简称员外或外郎。

⑪ 张汝弼：人名。

⑫ 饕（tāo）羊：贪食之羊。《韵会》："贪嗜饮食曰饕。"

之高阳①伯李父②及彼处奏事人③云。然犀之食棘刺，则予所亲见也。火浣布，友人凌季行④有一缕如指。不灰木，译□⑤刘楩⑥有束带，以火验之，信然⑦。由是观之，切玉之剑，盖或有之，特未之见⑧耳。

【译】曾听人说：火鸡食火炭；犀牛吃棘刺；野羊开腹取脂肪还能再生。又看到《列子》等书所记，说昆吾制造的宝剑，可以切玉如泥；又说火浣布经火烧后更加鲜艳；还说不灰木用火烧也不坏。这些都未曾相信。如今满喇加国贡献来的火鸡，躯干比鹤还大，毛羽杂生，喜欢吃炭火，驾部员外郎张汝弼亲眼所见。甘肃西部有一种贪吃的羊，腹内取脂后能再生，这是听高阳李父和那里的奏事人说的。不过犀牛能吃棘刺，却是我亲眼所见。我的朋友凌季行有指头大的那么一块火浣布。至于不灰木，译官刘楩有一根这样的腰带，用火烧不坏，令人信服。由此看来，切玉之剑大概也是有的，只是未能见到而已。

---

① 高阳：古地名，今河北高阳一带。

② 李父：人名。

③ 奏事人：掌奏事之人。奏事，事奏闻于上。

④ 凌季行：人名。

⑤ 译□：疑为官名，即译员之类，各本译字后缺一字。

⑥ 刘楩（pián）：人名。

⑦ 信然：信服的意思。

⑧ 特未之见：只是没有见到。特，只。

海鲨变虎①

闻都御史②朱公英③云:广东海鲨变虎,近海处人多掘岸为坡,候其生前二足缘坡而上,则袭取食之。若四足俱上坡,则能食人而不可制矣。又闻按察史④孔公镛⑤云:广西蚺蛇⑥,其大者鳞皴⑦,杂生苔藓,与山石无辨⑧。獐鹿⑨误从摩痒,则掉尾绞而吞之。土人取其胆,则转腹令取,略不伤啮⑩。后复遇人取胆,仍转腹以瘢⑪示之,人知其然,亦不复害也。

【译】听都御史朱公英说,广东海鲨(疑指鳄鱼)要上岸时,近海一带的人多在岸边挖成一个斜坡,等到它前面两足顺坡向上爬行时,乘机捉住为肉食。倘若它的四足都上了坡,就会吃人而无法制服。又听到按察史孔镛说:广西有一种蟒蛇,个大的皮鳞上积存有泥垢,长满了苔藓,看上去

---

① 海鲨变虎:这里说的海鲨可能实指鳄鱼,鳄鱼上岸误作"虎"。
② 都御史:官名,都察院长官。
③ 朱公英:人名。
④ 按察史:官名,明代为一省的司法长官。
⑤ 孔公镛:孔镛,人名。
⑥ 蚺(rán)蛇:蟒。
⑦ 皴(cūn):皮肤上积存的泥垢。
⑧ 无辨:分辨不出,没有分别。
⑨ 獐鹿:也称"牙獐",一种小型鹿,无角,为我国长江流域的特有动物。
⑩ 略不伤啮:丝毫也不咬伤人。略,丝毫。
⑪ 瘢(bān):创伤及疮痔愈后留下的疤痕。

同山上的石头没有两样。獐鹿误认为是石头去蹭痒痒，大蟒就掉过尾巴来绞死并吃了它。当地人取它的胆囊，它把肚皮转过来让人割取，丝毫也不会伤人。以后又遇到有人要取胆时，蟒蛇仍会转过肚皮来用它的伤疤表示已经无胆，人们也很明白，就不再加害于它了。

馈茶饼①

京卫武学②之东智化寺③，天监许安辈以奉王振④香火者。天顺⑤间，主之者僧官然胜⑥，读书，解文事。时阎禹锡⑦以国子监丞掌武学事，胜则往拜焉。禹锡托故不见。他日，馈茶饼，却之。以诗投赠，又却之。终始不与往还。禹锡可谓刚介⑧之士，其贤⑨于人远矣！

【译】京卫武学东面的智化寺，是太监许安等人侍奉王振烧香拜佛的地方。明英宗天顺年间，住持僧官名叫然胜，无非是读读经书、释解经文而已。当时阎禹锡为国子监丞兼管武学事务，然胜于是就去拜访他。阎禹锡借故推托，不愿

---

① 茶饼：加工成饼状的茶叶块，或称"茶砖"。
② 武学：兵学。仿儒学而建立的武学，始于宋代。
③ 智化寺：古寺院名。
④ 王振：明朝第一专权宦官。
⑤ 天顺：明英宗在位年号，为公元1457—1465年。
⑥ 然胜：人名。
⑦ 阎禹锡：人名。
⑧ 刚介：刚直。介，正直。
⑨ 贤：胜过，甚于。

见他。又有一天,然胜又送来茶饼为礼,也没收下。然胜又用诗文投赠,阎禹锡还是没理他,始终都没同他来往。阎禹锡真可算得上刚直之人,这方面他远远超过常人之上。

螮蝀在东①

《诗》:"螮蝀在东",释者以为天地之淫气,或以为日光射雨气而成。然今人露置酒、酱于庭,见虹则急掩盖之。不尔,则致消耗,相传虹能食此。

【译】《诗·鄘风·蝃蝀》的"蝃蝀在东"一语中的"蝃蝀",注释者认为是天地之间的水汽,或者认为是太阳照射雨气而形成的。可是现在人们把酒、酱放在庭院时,一看见虹就急忙遮盖起来。不然的话,认为酒、酱就会消耗减少,相传说是虹能够吃酒、酱这类东西。

苦蘧菜②

病痔者,用苦蘧菜,或鲜者,或干者,煮汤以熟烂为度,和汤置器中,搁一版其上,坐以薰之。候汤可下手,撩苦蘧,频频揉洗,汤冷即止,日洗数次。予使宣府时,曾患此疾,太监弓胜③授以此方,洗数日后,果见效,故记之。蘧一作苣,北方甚多,南方亦有之。

【译】有痔疮病的人,用苦苣菜,不论鲜的、干的都

---

① 螮(dì)蝀(dōng)在东:《诗经·鄘风·蝃(dì)蝀》,螮蝀原作蝃蝀。《尔雅》:"螮蝀,虹也。"

② 苦蘧(jù)菜:苦苣,又称苦菜,一年至二年生草本植物。

③ 弓胜:人名。

可以。熬成汤,熬到熟烂的程度。将菜和汤同放在一个容器中,再搁一块木板在上面,就坐在板上熏患部。等到汤温到可以下手时,就把苦苣捞出来,反复揉洗患部,直到汤冷时为止,一天多洗几次。我在宣府当差时,就患了这种病,有个叫弓胜的太监告诉我这个药方,洗了几天后,果然有效,所以记了下来。蓫又写成"苣",多生长在北方,南方也有。

卷六

醋蜜酪①

成化辛丑岁②,西胡撒马儿罕③进二狮子。……每一狮日食活羊一羫④,醋蜜酪一瓶。养狮子人俱授以官,光禄⑤日给酒饭,所费无算⑥。在廷无一人悟狮子在山薮⑦时,何人调蜜醋酪⑧以饲之?盖胡人故为此以愚弄中国耳。

【译】明宪宗成化辛丑年,西胡撒马儿罕进献两头狮子。……每头狮子一天吃一只活羊,还有醋蜜酪各一瓶。负责养狮子的人都授有官衔,光禄每天都供给酒饭,花去的费用不计其数。朝廷中就没有一个人想到,狮子生活在山林的时候,谁人调制醋蜜酪来喂它?这都是胡人想出这个法子来愚弄我们的。

---

① 醋蜜酪(lào):和醋蜜做成的糊状食品。

② 成化辛丑岁:公元1471年。成化为明宪宗在位年号。

③ 西胡撒马儿罕:西胡,泛指古代匈奴以西的西域居民。撒马儿罕,即撒马尔罕,自古为中亚名城,今为乌兹别克斯坦第二大城市。

④ 羫(qiāng):本指羊肋。

⑤ 光禄:光禄大夫,明代主掌膳食的官员。

⑥ 无算:不计其数。

⑦ 山薮(sǒu):山泽。薮,湖泊、沼泽。

⑧ 蜜醋酪:上文"醋蜜酪"。

即且甘带

《庄子》①言"即且甘带","即且"——蜈蚣,"带"——蛇也。初不知"甘"之意,后闻昆山②士子③读书景德寺中,尝见一蛇出游,忽有蜈蚣跃至蛇尾,循脊而前,至其首,蛇遂伸直不动。蜈蚣以左右须入蛇两鼻孔,久之而出。蜈蚣既去,蛇已死矣。始知所谓"甘"者,"甘其脑"者。闻蜈蚣过蜗篆④,即不能行,盖物各有所制。如海东青⑤,鸷禽⑥也,而独畏燕;象,猛兽也,而独畏鼠,其理亦然⑦。

【译】《庄子》里有"即且甘带"一语,"即且"就是蜈蚣,而"带"便是蛇。原来我不知道"甘"在这里是什么意思,后来听说昆山一个士子在景德寺读书时,曾经看到一条蛇正在爬行,忽然有一条蜈蚣跃到蛇尾上,顺着蛇背爬到蛇头上,蛇于是就伸直不动了。蜈蚣用它的左右须扎入蛇头的两个鼻孔眼,过了好一会儿才把须拔出来。蜈蚣离开的时

---

① 《庄子》:又称《南华经》,战国时人庄子即庄周(约公元前369—前286年)所撰,为道家经典之一。今本《庄子》为晋人郭象编定,并不全是庄子作品。

② 昆山:今江苏昆山。

③ 士子:旧称读书人。

④ 蜗篆:蜗牛爬行时留下的涎液痕迹,屈曲如篆文,故谓蜗篆。

⑤ 海东青:又名矛隼、鹘(hú)鹰、海青,是一种猎鹰。海东青身小而健,其飞极高,是狩猎中的重要帮手,能袭天鹅、搏鸡兔。

⑥ 鸷(zhì)禽:猛禽。鸷,凶猛。

⑦ 亦然:也是这样。

候，蛇已经死了。由此才明白，所谓"甘"是"甘其脑"之意。据说蜈蚣碰到蜗牛爬行留下的涎液痕迹时，就没法爬过去，真是一物降一物。又如海东青，虽是一种凶猛的飞禽，可它唯独害怕小小的燕子；大象呢，也可算是一种猛兽，却偏偏惧怕小小的老鼠，其中的道理都是一样的。

秋姑①

北方老妪②八九十岁以上，齿落更生者，能于暮夜出外食人婴儿，名"秋姑"。予自幼闻之，不信。同僚③邹继芳④郎中⑤云：历城⑥民油⑦张家一妪，尝如此，其家锁闭室中。邹非妄诞⑧人也。"秋"，北方人读如篘酒⑨之"篘"。

【译】北方地区的老太太到了八九十岁以上，牙齿脱落后又长出来的，会在夜里到外面去吃人家的婴儿，这种人被叫作"秋姑"。我很小的时候就听说过这种事，可是并不相信。同僚邹继芳郎中说，历城民油张家一老太太，曾经就是这样，家里人不得不将她锁闭在房中。邹继芳不是那种荒

---

① 秋姑：不解。
② 老妪（yù）：老年妇女的通称。
③ 同僚：旧时称在一起任职的官吏。
④ 邹继芳：人名。
⑤ 郎中：官名，尚书省置。
⑥ 历城：今山东历城。
⑦ 民油：地名。
⑧ 妄诞：荒谬怪诞。
⑨ 篘（chōu）酒：过滤酒。

谬怪诞的人，所说是可信的。"秋"，北方人读音如笤酒的"笤"。

咏藕

"一弯西子①臂，七窍比干②心"，咏藕诗也，相传卫文节公③作，未知是否。

【译】"一弯西子臂，七窍比干心"，这是咏藕的诗句，相传是卫泾所作，不知是否如此。

驴板汤

为人上者言动不可不谨④，否则下人承讹踵误⑤，不胜其弊矣。丁酉岁⑥，予有考牧之役⑦，至迁安⑧，适同年刘御史

---

① 西子：越国美女西施，也作先施。

② 比干：商纣王之叔，官至少师，因劝纣王修善行仁而被杀死，被剖腹验心。

③ 卫文节公：宋代人。姓卫名泾，字清叔。卫泾是宋孝宗淳熙十一年，也就是公元1184年的状元，后来一直做到了相当于副宰相的参知政事，死后被追赠太师，谥号文节，所以被尊称为"卫文节公"。

④ 为人上者：做官的人。谨，慎重，恭敬。

⑤ 承讹踵误：承袭错误。讹，错误。踵，跟随。

⑥ 丁酉岁：公元1477年。

⑦ 考牧之役：疑即考核地方官吏政绩的差事。古称统治人民为"牧"，一州的长官就叫州牧。

⑧ 迁安：今河北迁安。

廷珪①按其地②。遣人招饮③，予戏语云：馔有驴板汤④即赴。盖京师朋辈相戏，各有指斥风土所讳以为诟⑤者。如苏、浙云"盐豆⑥"，江西云"腊鸡⑦"，湖广云"干鱼"之类，是已。河南人讳"偷驴"，廷珪河南辉县⑧人，而旧传有"西风一阵板肠⑨香"之句，故以戏之。日暮归，县官率吏人⑩捧熟馔以进，问之，云："闻公嗜驴板汤，故以奉也。"予以实告而遣之，既而自悔，自是不敢戏言。

【译】做官的人言论行动不可不谨慎，否则下面的人就会承袭错误，闹出许多弊害。成化乙酉年，我因为负有考核地方官吏的使命到了迁安，恰巧那一年御史刘廷珪也巡视到那里。这个刘御史派人来请我赴宴，我开玩笑似地对来人说："要是有驴板汤我就去。"因为京师里朋友之间互相开玩笑，常有指斥对方原籍忌讳为耻辱的事。比如江苏和浙江忌讳说"盐豆"，江西忌讳说"腊鸡"，湖广一带忌讳说

---

① 刘御史廷珪（guī）：御史，官名，分道行使纠察。刘廷珪，人名。

② 按其地：巡视到了那个地方。按，巡视，巡行。

③ 招饮：招待饮食。

④ 驴板汤：盐渍并压成板状风干的驴肉做的汤。

⑤ 诟（gòu）：辱骂，耻辱。

⑥ 盐豆：盐水泡过的豆子。

⑦ 腊鸡：用盐腌后再经熏制的鸡。

⑧ 辉县：今河南辉县。

⑨ 板肠：可能是熏肠之类。

⑩ 吏人：低级官吏。

"干鱼",等等。河南人忌讳说"偷驴",刘廷珪为河南辉县人氏,因过去流传有"西风一阵板肠香"的诗句,所以就拿"驴板汤"来戏弄他。傍晚回到寓所的时候,县官带领着吏人捧着熟食进来,问他们,说:"听说您喜欢吃驴板汤,所以特为预备。"我将实情告诉他们,并送他们回去,心里十分后悔,从此再不敢开这样的玩笑了。

张留儿菜

尝登峄山①,山僧作水饭②为供,食一蔬,味佳。问之,云"张留儿菜"。令采观之,乃商陆③也。余姚④人每言其乡水族有"弹涂⑤",味甚美。详问其状,乃吾乡所谓"望潮郎"耳。此物吾乡极贫者亦不食,彼以为珍味。商陆在吾乡,牛、羊亦不食,彼以为旨蓄⑥。正犹河豚⑦在吴中为珍异,直沽⑧渔人刳其肝而弃之;时鱼⑨尤吴人所珍,而江西

---

① 峄(yì)山:又名邹山,在山东邹县东南。秦始皇二十八年(公元前219年),曾登此山刻石颂德。

② 水饭:米粥。

③ 商陆:多年生草木,实为肉果,嫩叶可食,根可入药。

④ 余姚:今浙江余姚。

⑤ 弹涂:鱼名。据《宁波府志》:"弹涂一名阑胡,形似小鳅而短,因其弹跳于涂,故名"。另有说法是鲨鱼别名。

⑥ 旨蓄:干菜之类,贮以过冬。《诗·谷风》:"我有旨蓄,亦以御冬。"

⑦ 河豚:也叫鲀。味鲜美,但卵巢和肝脏有剧毒。

⑧ 直沽:地名,南运河与北运河会合处一带。在今天津市内,是天津聚落最早兴起之地。

⑨ 时鱼:鲥鱼。体扁平,长可达50厘米,肉鲜嫩,鳞下多脂肪,是名贵的食用鱼。

人以为瘟鱼，不食。（原注：仲裴闻"张留"乃"樟柳"也。）

【译】我曾经登过峄山，山僧准备了水饭。席间吃到一样菜，味道很不错。于是就问是什么菜，回答说是"张留儿菜"。叫人采来一看，原来是商陆。余姚人每每说到他们那里水物中有一种叫弹涂的，味道很美。仔细一打听它的形状，原来是我们家乡所说的"望潮郎"。这东西在我们家乡就是最贫穷的人家也不吃，可在那儿却是一种美味。商陆在我们家乡连牛、羊都不吃，可他们却当成佳肴。这就像河豚在吴中为珍异之食，直沽一带渔民却只取其肝而将鱼扔掉一样。又如鲥鱼尤其为吴人所珍爱，而江西人却当成是一种瘟鱼，从不吃它。（原注：仲裴所听到的"张留"为"樟柳"之音。）

菘菜①

菘菜，北方种之，初年半为芜菁②，二年菘种都绝。芜菁，南方种之亦然。盖菘之不生北土，犹桔之变于淮北也。此说见《苏州志》③。按菘菜即白菜。今京师每秋末，比屋④

---

① 菘菜：白菜。古时对白菜类蔬菜通称"菘"。

② 芜（wú）菁（jīng）：二年生草本植物，块根肉质，可做蔬菜食用。

③ 《苏州志》：《苏州府志》（五十卷），明代卢熊撰修，洪武十二年（公元1379年）刻本。

④ 比屋：屋挨屋，犹言家家户户。

醃①藏以御冬，其名"箭杆"者，不亚苏州所产。闻之老者云：永乐②间，南方花木蔬菜种之皆不发生③，发生者亦不盛④。近来南方蔬者，无一不有，非复昔时矣！桔不逾淮⑤、貉不逾汶⑥、鸲鹆不逾济⑦，此成说⑧也。今吴菘之盛生于燕⑨，不复变为芜菁，岂在昔未得种艺⑩之法而今得之邪⑪？抑亦气运之变，物类随之而美邪？将非桔、柚之可比邪！

【译】菘菜，北方种植的时候，第一年就有半数变为芜菁，到第二年菘菜种子都会灭绝。芜菁，在南方种植也是一样道理。这是因为菘菜不适宜在北方生长，如同橘子种在淮北就起变化一样。这个说法出自《苏州府志》。菘菜就是白菜。现在京师每到秋末时节，家家户户都贮藏它准备冬天

---

① 醃（yān）：同"腌"。

② 永乐：明成祖在位年号（公元1403—1425年）。

③ 发生：发芽，生长。

④ 不盛：不茂盛。

⑤ 桔不逾淮：《周礼·考工记》："桔逾淮而北为枳。"又见《晏子春秋》："桔生淮南则为桔，生淮北则为枳。"淮，淮河。枳，果似橘。

⑥ 貉（hé）不逾汶：貉不过汶水。貉，是犬科非常古老的物种，被认为是类似犬科祖先的物种。体型短而肥壮介于浣熊和狗之间，小于犬、狐。体色乌棕。吻部白色；四肢短呈黑色；尾巴粗短。《列子·汤问》："貉逾汶则死。"

⑦ 鸲（gòu）鹆（yù）不逾济：鸲鹆不过济水。鸲鹆，即八哥鸟。《说文解字》："古者鸲鹆不逾泲（jǐ）。"泲水即济水。此说又见《淮南子·原道训》。

⑧ 成说：过时的说法。

⑨ 燕（yān）：河北北部及辽西一带，为燕国故地。

⑩ 种艺：种植。艺，种植。

⑪ 邪（yé）：疑问语气词，相当于今之"吗""呢"。一般写作"耶"。

食用。有一种名字叫"箭杆"的白菜，并不亚于苏州所种。听老人们说，明成祖永乐年间，南方地区花木蔬菜种植时都不发芽，就是发芽的生长也不茂盛。近些年来南方蔬菜品种繁多，真是无一不有，远不是往日的那种情形了。认为"橘不过淮河、貉不过汶水、雏鸽不过济水"这些说法已经过时了。现在吴中的菘产在燕地生长良好，再也不会变为芜菁，难道是过去未得到正确的种植方法而现在得到了的缘故吗？或者是因为气候的变化，物种也随着变好了吗？这将不是橘、柚之变的旧说可以比拟的了！

卷七

还元水

"还元水"者,腊月以空瓶,不拘大小。细布缄①其口,引之以索②,浸粪厕中。日久,粪汁渗入,瓶满自沉。取,埋土中二三年,化为清水,略无臭气。凡毒疮初发时,取一碗饮之,其毒自散。此法闻之沈通理③先生,尝试之,有效。

【译】"还元水"的制法是:腊月时用一个空瓶,大的小的都可以。用细布把瓶口蒙住,拴一根绳索把瓶子吊在粪池中。时间一长,粪汁渗入瓶内,瓶子装满后自会沉下。取出瓶子,埋在土里两到三年,化作清水,一点儿臭气也没有。遇到毒疮刚开始发起的时候,就取一碗"还元水"喝下,疮毒自然就会消散。这个疗法是听沈通理先生说的,曾经试验过,有疗效。

皂角④

凡咽喉初觉壅塞,一时无药,以纸绞探鼻中,或嗅皂角末,喷嚏数次,可散热毒。仍以李树近根处磨水,涂喉外,良愈。

---

① 缄(jiān):封,闭。
② 引之以索:用绳索拴住。引,导。
③ 沈通理:人名。
④ 皂角:皂荚,落叶乔木。荚果可代肥皂洗衣,荚、子、刺入药有祛痰功能。

【译】遇到咽喉刚开始壅塞时,当时又没什么药物,可用纸条在鼻孔里刺绞,或闻闻皂角末气味,打几个喷嚏,就能散去热毒。还须用李树接近根部的地方,擦出浆来,涂在喉部外边,不久便可痊愈。

瓠①

古人以瓠为壶,《诗》"八月断壶②",是已。今人以为葫芦,疑亦诸字之反切③尔。

【译】古人把瓠说成壶,《诗经·豳风·七月》中"八月断壶"的壶就是例子。今人以为是葫芦,怀疑壶是"葫芦"两字的反切音。

炒猪肝

户部尚书④夏忠靖公原吉⑤,长沙人,德量宽厚,喜怒不形⑥。永乐间,尝以治水至崑山⑦,寓千墩禅寺,所居不设仪从⑧。乡民数人入寺游观,公方坐室中观书,不意⑨其为夏

---

① 瓠(hù):瓠瓜,葫芦的一种,嫩时可作蔬菜。

② 八月断壶:语出《诗经·豳(bīn)风·七月》。壶,瓠。

③ 反切:过去使用的一种注音方法,用两个字合拼出另一字的音,上字取声母,下字取韵母和声调。

④ 户部尚书:户部为六部之一,朝廷里掌管户口、财富的官署。尚书,各部最高长官。

⑤ 夏忠靖公原吉:夏原吉(公元1366—1430年),明朝大臣,湘阴人,官至户部尚书,封忠靖公。

⑥ 喜怒不形:喜怒不形于色。

⑦ 崑山:今江苏昆山。

⑧ 仪从:仪卫侍从之人。

⑨ 不意:没想到,没料想。

公也，杂坐其旁。既而它之①，问僧云："尚书何在？"僧云："室中观书者是也。"民惧，乃奔去。公好食炒猪肝，一日膳夫供具，公饭尽而肝如故，怪之。已而分食，乃知入盐过多，咸不可食也。人服其量②。

【译】户部尚书忠靖公夏原吉，长沙（湘阴）人氏，德操高尚，气量不凡，喜怒不形于色。明永乐年间，他曾因治水而到昆山县，就住在千墩禅寺，居所并不设仪卫侍从人等。乡民有几人进入禅寺游玩，夏公正坐在室内看书，这几个人没想到这就是户部尚书，都无拘无束地坐在他身边。离开这里后，他们向僧人打听："尚书在哪里？"那僧说："室内看书的那人就是。"乡民们很害怕，赶快离开了禅寺。夏公喜好吃炒猪肝，一天厨子做好了一盘，夏公吃完了饭而炒猪肝却没动，人们感到很奇怪。后来厨子们分着吃了，才知道炒猪肝放盐太多了，咸得没法吃。人们都佩服夏公的度量。

鲍③鱼

鲍鱼字一作鮰④，味美而子有毒，不减⑤河豚子，食之能杀人。闻蛇亦能化鳖，凡鳖在旱地得者，不宜食，下水其无

---

① 它之：到别处。

② 人服其量：人们都佩服他的度量。

③ 鲍（wéi）：无鳞食用鱼，长可达一米，产于长江流域。

④ 鮰（huí）：鲍（wéi）鱼。

⑤ 不减：不亚于。

毒矣。

【译】鲐鱼的鲐又写作"鲖",味道很美但鱼子有毒,毒性不亚于河豚鱼子,吃了会毒死人。听说蛇能变成鳖,凡是在旱地捉到的鳖都不宜食用,下水的鳖就不会有毒了。

鱼馁①

尝与郑介庵②会饮,介庵问:"鱼馁肉败,不直曰鱼烂肉腐,而云然何如?"予不能对,因请教,曰:"鱼之烂自内始,'如腹之馁';肉之腐自外入,'如军之败',请问何出③?"云:"不知所出,尝闻之先辈张伯绪④如此。"后读程沙随《思问录》⑤,中具此说,始知出于程。尝见晦庵⑥先生称沙随为"程丈",盖前辈也。《思问录》于《论》⑦《孟》⑧多所发明⑨。

【译】我曾与郑介庵对饮,介庵问:"鱼肉腐败,不许直接说鱼烂肉腐,而怎样才能表达?"我回答不出,因此向他请教,他说:"鱼的腐烂是从里面开始的,说为'如腹之

---

① 鱼馁(něi)肉败:鱼肉腐败变质。馁,腐烂不新鲜。《论语·乡党》:"鱼馁而肉败。"
② 郑介庵:人名。
③ 何出:出自哪个典故。
④ 张伯绪:人名。
⑤ 程沙随《思问录》:程沙随,人名。其《思问录》今未见。
⑥ 晦庵:人名。南宋理学家朱熹(公元1130—1200年),号晦庵,此处非指朱也。
⑦ 《论》:《论语》,记录孔子主要思想言论的书,现存二十篇。
⑧ 《孟》:《孟子》,记录孟子言行的书,为孟子门徒所编纂,现存七篇。
⑨ 多所发明:遂有发挥。发明,说明;发挥。

馁'；肉的腐败则是自外面开始的，说为'如军之败'。"我请问语出何典？他说："我也不知出于何处，曾听我的先辈张伯绪这么说过。"后来读到程沙随所撰《思问录》，此书就有这种说法，才知此语出自程沙随。曾经听到晦庵先生称沙随为"程丈"，因为是他先辈的缘故。程沙随的《思问录》对孔孟之道多有发挥。

卷八

蚬①

成化十三年②,福建长乐县③平地长起一山,长三日而止。度之,高二丈余,横广八丈。其旁一池,忽生大蚬,民取食之,味甚美。乃争取食,食者不数日患痢,死者千余人。

【译】明宪宗成化十三年,福建长乐县平地长出来一座山,长了三天才停止。一量这山,高二丈多,横宽有八丈。山旁一个水塘,忽然长出大蚬来,人们捞来做了吃,味道很鲜美。于是很多人都争抢着去弄来吃,吃了这蚬肉的人不几天就得了痢疾,结果死了一千多人。

鸡、茄

正统④间,杨文贞⑤公自江西还朝,所过馈送⑥,一切不受。耿清惠⑦公时为淮扬盐运使⑧,馈鸡四翼,茄一盘,杨公

---

① 蚬(xiǎn):软体动物。两扇贝壳为心脏形,生活在淡水中,肉味鲜美,可供食用。
② 成化十三年:公元1477年。成化为明宪宗年号。
③ 福建长乐县:在今福州东南,明代长乐县属福州府。
④ 正统:明英宗年号(公元1436—1449年)。
⑤ 杨文贞:人名。
⑥ 所过馈送:路经之地的馈赠物品。
⑦ 耿清惠:人名。
⑧ 盐运使:元代始置都转运盐使司于两淮两浙等处,明代盐运使受盐道监察。

受之。且携手而行,激扬①之意,默寓于交际如此。

【译】明英宗正统年间,杨文贞公自江西卸任回朝,途经之地所送的礼品,他一概都不接受。耿清惠公当时为淮扬盐运使,送来四只鸡和一盘茄子,杨公收下了。俩人还手挽着手送行,激浊扬清之意,就这样默默地贯穿在官场交际活动之中。

蛊②

广东、西人善造蛊,置饮食中,中之即腹胀死。以药物解之,即吐出,本形或鱼、或蛇、或虾蟆③,而愈。

【译】广东、广西人很会造蛊,把蛊放进饭食内,中蛊后就会腹胀而死。用药物解除蛊毒,就会吐出本形或为鱼、或为蛇、或为虾蟆的蛊来,身体也就好了。

急须

急须——饮器也,以其应急而用,故名。赵襄子杀智伯④,漆其头以为饮器,注云"饮,於禁反,溺器⑤也"。今人以暖酒器为"急须",饮字误之耳,吴音"须"与"苏"

---

① 激扬:激浊扬清,比喻抨击、清除坏的,表彰、发扬好的。《尸子·君治》:"激浊扬清,荡去滓秽,义也。"

② 蛊(gǔ):古代传说可以害人致命的毒虫。

③ 虾蟆(má):蛤蟆。青蛙和癞蛤蟆的统称。

④ 赵襄子杀智伯:赵襄子,即赵毋卹(xù),战国赵国君。智伯,又写作知伯,春秋末晋四卿之一。赵襄子杀知伯事见《左传·哀公二十七年》及《史记·赵世家》。

⑤ 溺器:尿壶。

同。今称暖熟食具为"仆憎"，言仆者不得侵渔①，故憎之。王宗铨②御史③尝见内府揭帖④，令工部⑤制"步甑⑥"，云即此器，乃知"仆憎"之名传讹⑦耳。

【译】急须，是一种饮器，由于是作应急用的，所以由此得名。赵襄子杀了智伯，把他的头颅漆了以后作饮器用，前人注"饮，於禁反，溺器也"。今人把暖酒器称作"急须"，饮字念误了，吴音中"须"与"苏"同音。现在称热熟食的用具叫"仆憎"，说是仆人们没法沾到光，所以憎恨它。御史王宗铨曾见到内府让工部造"步甑"的揭帖，说步甑就是这种热食器，才知道"仆憎"的名称原是误传。

大菌⑧

门生⑨之父郑老者，入深山采药，遇木有大菌，乃取之。

【译】门生的父亲，一个姓郑的老人，进深山去采草

---

① 侵渔：侵吞，占有。渔，用不正当的手段夺取。

② 王宗铨：人名。

③ 御史：官名。明清两代只有监察御史，行使纠察之责。

④ 揭帖：张贴的意思。

⑤ 工部：官署名。六部之一，掌工程、营造、屯田、水利等。

⑥ 步甑：用于温食的甑。甑，古代蒸饭的一种瓦器。底部有许多透蒸汽的孔格，置于鬲上蒸煮，如同现代的蒸锅。

⑦ 传讹（é）：讹传，流传中出错。讹，错误。

⑧ 大菌：大菌子、蕈（xùn）。蘑菇类植物，无毒的可食。

⑨ 门生：旧时指跟从老师和前辈学习的人。

药，遇见一棵树上有个大蘑菇，就采了回来。

压惊棍

苏城商人蔡某，尝泊舟京口①。见一客，长躯伟貌，须髯被腹②，髭③长数寸蔽口。窃计④其有碍饮食，乃邀入食肆⑤以观之。客临食，脱帽，拔髻中二簪绾⑥其髭，插入两鬓，长歠⑦大嚼，旁若无人。食已谢去，曰："感君厚情，何以为报？"令舟中取一木棍授之。云"倘舟行有人侵侮，当以此示之，云'胡子老官压惊棍在此！'彼必退去"。

【译】苏州有个姓蔡的商人，曾停船在京口，在那里看到一个身材魁伟的人，此人胡子长到盖上了肚皮，嘴上面的胡子也有几寸长，把嘴都遮住了。商人自以为这么长的胡子吃饭一定不大方便，于是就邀他到饭铺去吃饭想看个究竟。这位客人在进食之前，先脱下帽子，拔下发髻中的两根簪子绾起嘴上面的胡子，插到两鬓上，然后长饮大嚼，旁若无人。吃完饭称谢而去，说："感谢你盛情相邀，怎样来报答呢？"他叫人到船上取来一根木棍交给蔡某，说道："倘

---

① 京口：古城名，故址在今江苏镇江。
② 须髯（rán）被腹：胡须盖到了腹部。髯，两颊上的胡子。被，遮盖。
③ 髭（zī）：嘴上边的胡子。
④ 窃计：暗自盘算。窃，暗中，偷偷地。
⑤ 食肆：饭铺、酒店。肆，铺子、商店。
⑥ 绾（wǎn）：把长条形的东西盘绕起来打成结。
⑦ 歠（chuò）：饮，喝。

若行船途中遇到强人侵夺欺侮，你可以把这棍子拿出来给他看，就说'胡子老官的压惊棍在此！'他一定会退去的。"

镯

镯音"蜀"，又音"浊"。《周礼》"古人以金镯节鼓"①，注云："钲②也，形如小钟。"韵书③又云"温器"。

【译】镯，音"蜀"，又音"浊"。《周礼·地官·鼓人》有"古人以金镯节鼓"一语，注家说："钲也，形如小钟。"韵书又说是"温器"。

---

① 《周礼》"古人以金镯节鼓"：语出《周礼·地官·鼓人》。节，一种竹编的可起和弦作用的古乐器。《周礼》，亦称《周官》或《周官经》，儒家经典之一，叙述周王室官制及战国各国制度。传周公所作，可能为战国时的作品。
② 钲（zhēng）：古代青铜制的一种打击乐器，形似倒置铜钟，有长柄。
③ 韵书：我国古代分韵编排的字汇，主要供查字音用。重要的韵书有隋代陆法言撰《切韵》（残卷）、宋代陈彭年及邱雍等撰《广韵》、元代周德清撰《中原音韵》等。

卷九

买以奉母

陈宗训①者,太宜人②之伯父,涉猎书史,事母尽孝。每饮食亲友家,遇时新品味,母未尝,必托以疾忌,不一下箸。翌旦③,必入城市,买以奉母。或远方难得之物,可怀④者,必怀归。母心乐之,至老不衰。太宜人事先祖母⑤,曲尽孝谨⑥,有自来矣⑦。

【译】陈宗训,是太宜人的伯父,粗通书史,侍奉老母极尽孝道。每逢在亲友家里吃饭,遇到什么时新品味,母亲又未曾尝过,他必定会推说有什么疾患或口忌,连筷子都不动一下。第二天早晨,一定会跑到街上买来给老母吃。若是远方的稀有之物,能揣在身上的他必定会带回家。老母故此心情很愉快,到老都不觉怎么衰弱。太宜人事奉他的祖母,也是想尽种种孝敬之法,原来是他伯父影响的结果。

---

① 陈宗训:人名。
② 太宜人:疑为某别号,待考。
③ 翌旦:次日早晨。
④ 怀:揣。
⑤ 先祖母:已故的祖母。先,尊称去世的前代人。
⑥ 曲尽孝谨:想尽孝道之法。
⑦ 有自来矣:有他自己的根由啊。来,来历、来由。

大氅子①

"大氅子中消白日,小车儿上看青天",此邵康节②先生诗。今人呼盛茶、酒器为"氅",有自来矣。然此字亦后人方言所增,韵书无之。

【译】"大氅子中消白日,小车儿上看青天",这是邵康节先生的诗句。现在人们称盛茶、盛酒的器具为"氅",这是有来历的。不过这个"氅"字也是后人方言中才增加的,韵书上没有这个字。

荻芽③

梅圣俞④《河豚诗》云:"春洲生荻芽,春岸飞杨花⑤。河豚当此时,贵不数鱼虾。"而吾乡俗语则云:"芦青长一尺,莫与河豚作主客。"芦青即荻芽也,荻芽长,河豚已过时矣。而圣俞云然,予尝疑之,后观范石湖《吴郡志》⑥,

---

① 大氅子:盛茶、酒之器。氅,字书均无注音,读音不明。
② 邵康节:人名。
③ 荻芽:荻始长出。荻,多年生草本植物,像芦苇,生路旁或水边。
④ 梅圣俞:人名。
⑤ 杨花:杨树飞的花絮。
⑥ 范石湖《吴郡志》:范石湖即范成大(公元1126—1193年),南宋诗人。字致能,号石湖居士,吴县(今苏州)人。官至参知政事,著有《石湖居士集》《石湖词》及《吴郡志》(五十卷)等。

始知此鱼至春则溯江①而上。苏②、常③、江阴④居江下流,故春初已盛出,真润⑤则在二月。若金陵⑥上下,则在二、三月之交。池阳⑦以上,暮春⑧始有之。圣俞所云,始池阳、当涂之俗。而欧公⑨所谓"群游水上,食絮⑩而肥,南人多以荻芽为羹",则又附会之说,非真知河豚者也。

【译】梅圣俞的《河豚诗》说:"春洲生荻芽,春岸飞杨花。河豚当此时,贵不数鱼虾。"而我们家乡的俗话则是:"芦青长一尺,莫与河豚作主客。"芦青就是荻芽,荻芽一长高,河豚已经过去了。可梅圣俞却说正当时,我曾经有些犯疑,后来读到范成大的《吴郡志》,才明白河豚到春天就逆江而上。苏州、常州和江阴在大江下游,所以初春时节河豚便大量出现了。真润见河豚则要在二月,若是在金陵一带则要到二、三月之交时,池阳再往上要到暮春时节才有。梅圣俞所说的,本是池阳、当涂一

---

① 溯(sù)江:逆长江而上。溯,逆水而上。江,长江。
② 苏:苏州。
③ 常:常州。
④ 江阴:今江苏江阴,在长江南岸。
⑤ 真润:地名,指真州和润州,治所分别在今江苏仪征和镇江。
⑥ 金陵:今南京古称金陵。
⑦ 池阳:地名,疑即古池州地,当今安徽贵池。
⑧ 暮春:春季之末。
⑨ 欧公:欧某人,不考。
⑩ 絮:杨花柳絮之类。

带的情形。而欧公所说的"群游水上,食絮而肥,南人多以荻芽为羹",这又是一种牵强附会的说法,说明并没有真正了解河豚的习性。

瓻①

世有"借书一痴,还书一痴"之说,此小人谬言也。痴本作"瓻",贮酒器。言借时以一瓻为贽②,还时以一瓻为谢耳。以书借人,是仁贤之德。借书不还,是盗贼之行。岂可但以"痴"目之哉③?

【译】向来有"借书一痴,还书一痴"的说法,这本是小人的错误之说。痴字本来作"瓻",是一种贮酒器。意思是借书时以一瓻酒为礼,还书时又以一瓻酒表示谢意。把书籍借给别人,是仁贤道德的体现。借了书不还,如同盗贼行为一般。怎么能仅用一个"痴"字来看待这两者呢?

鸭脚树④

鸭脚树实如杏,而其核中无仁可食,故曰"仁杏"。今云"银杏"。似是而非也。

【译】鸭脚树的果实像杏,可它的核内没有仁,是可以吃的,所以叫"仁杏"。现在称之为"银杏",有点似

---

① 瓻(chī):古代盛酒的用具。
② 贽(zhì):古时初次拜见长辈或比自己地位高的人所送的礼物。
③ 岂可但以"痴"目之哉:怎能仅以"痴"来看待这事呢?目,看。
④ 鸭脚树:银杏,又叫白果树,落叶大乔木。核白色,因称白果,可食用和药用,多食易中毒。

是而非。

卷十

芭蕉

南方寺、观及家庭院中，多种芭蕉，但可知观美而已，实无所用。或以其叶代荷叶，衬①蒸面食。然妇人症瘕②及血气病者，感其气则益甚，是亦不可用也。闻猪瘟者，以其根饲之，鱼泛③者，以其干锉④投池中则已。未之试也。

【译】南方寺庙、庵观及家户庭院中，多种有芭蕉，只是用于观赏而已，果实并无什么用处。有的人家用芭蕉叶代替荷叶，衬在笼底蒸面食。不过妇女肚中有结块的和有血气病的人，闻到芭蕉叶的气味后会使病情加重，如有这类病就不能用芭蕉叶蒸东西吃。听说猪得了瘟病，可以用芭蕉根做饲料。鱼若是泛起在水面，就用芭蕉干磨碎投到池塘内即可止住。这都未曾试验过。

荞

荞麦之"荞"，韵书无之，《本草》⑤有之，盖宋人所

---

① 衬：衬托。这里的意思为衬垫。
② 瘕（jiǎ）：肚子里有结块的病。
③ 鱼泛：鱼漂浮水上。泛，漂浮。
④ 锉（cuò）：磋磨。
⑤ 《本草》：书名，相传为神农氏所作，又称《神农本草经》，实作于东汉。书中载药三百六十五味，分上、中、下三品。后世对本书多有发挥，其中以明代李时珍（公元1518—1593年）所撰《本草纲目》最为著名。

增耳。《道藏》①中有《药石尔雅》②一卷，乃唐元和③间梅彪④所集诸药隐名。以粟、黍、荞、豆、麦为"五芽"，则此字之来亦久矣。

【译】荞麦的"荞"字，韵书中没有，但《神农本草经》中有，为宋代人增添进去的。《道藏》中有《药石尔雅》一卷，为唐代元和年间梅彪所集录的一些药物的隐名，把粟、黍、荞、豆、麦称为"五芽"，可见"荞"字的产生也有很久远的历史。

---

① 《道藏（zàng）》：道教经典的总辑，包括周秦以下道家子书及六朝以来的道教经典。
② 《药石尔雅》：唐代梅彪撰。
③ 元和：唐宪宗在位年号（公元806—820年）。
④ 梅彪：人名。

卷十一

冷酒

尝闻一医者云：酒不宜冷饮，颇忽之①，谓其未知丹溪②之论而云然耳。数年后，秋间病痢，致此医治之。云："公莫非多饮凉酒乎？"予实告以遵信丹溪之言，暑中常冷饮醇酒。医云："丹溪知热酒之为害，而不知冷酒之害尤甚也！"予因其言而思之，热酒固能伤肺，然行气和血之功居多；冷酒于肺无伤，而胃性恶寒，多饮之，必致郁滞其气。而为亭饮③，盖不冷不热，适其中和，斯无患害。古人有"温酒""暖酒"之名，有以④也。

【译】曾听一位医生说：酒不适宜冷饮，很有些不在意，认为他因为不知元代医家丹溪的理论才说出这话。几年以后，秋天我得了痢疾，就请这个医生治疗。他说："公难道是经常喝凉酒吗？"我据实告诉他，我是遵信丹溪的话在夏天常喝冷醇酒的。医生说："丹溪只知热酒的害处，而不懂得冷酒的害处更大！"我把这话想了想，热酒虽能伤肺，而行气活血的作用更大；冷酒虽然对肺没什么伤害，可

---

① 颇忽之：很有些不在意。忽，不重视，不注意。

② 丹溪：朱震亨（公元1281—1358年），号丹溪，字彦修，元代医学家。著有《格致余论》《局方发挥》等。

③ 亭饮：意为不冷不热的饮料。亭，妥当、匀称。

④ 以：原因。

是胃却怕寒，多喝冷酒必然会郁滞胃气。如果按正确的饮酒方法，就要不冷不热，在合适的时候喝，就不会带来什么祸害。古人有"温酒""暖酒"之名，其原因正在于此。

鹿、兔

天下风气①不同，土产异宜，自有不能律②者。如鹿、兔北方最易得，南方泽国，则得之已难。今苏③、松④、嘉兴⑤二祭⑥，鹿、兔皆买之邻郡，价亦颇费。广东全不产兔，每以胡孙⑦代之。

【译】各地气候不同，出产也各异，总有一些不相同的东西。如鹿和兔在北方最容易弄到，而在南方水网地区就很难见到。现在苏州、松江、嘉兴在举行祭仪时，鹿、兔都是由邻近地区买来的，价格还相当高。广东全省都不产兔子，遇到需用时便以猢狲来代替。

蚺蛇

广西有蚺蛇⑧，其肉无毒，土人食之。其脂与涎沫著男

---

① 风气：气候之谓。
② 律：相同，如一律。
③ 苏：苏州。
④ 松：松江，今上海松江。
⑤ 嘉兴：今浙江嘉兴。
⑥ 二祭：两种祭仪，疑即祭祖和祭灶。
⑦ 胡孙：猢狲。猴子的别称，也指猕猴。
⑧ 蚺（rán）蛇：蟒蛇。

阴，即消缩不举。尝闻有军士若干，涉一水，皆病阴痿①，盖此水乃蚺蛇出没处，有涎沫其中故也。《辍耕录》②记佻㒓③少年奸淫，药被人左使，致终身不举者，疑即其脂也。又见孙思邈④《千金方要》⑤，鹿脂亦然。

【译】广西有一种蚺蛇，蛇肉无毒，当地人常吃这蛇。这种蛇的脂肪和涎沫要是抹在男子阴茎上，便会消缩而不能勃起。曾听说有几个军士在涉过一条小河后，都患了阳痿，这是因为这条河有蚺蛇出没，河水中含有它的涎沫的缘故。元代陶宗仪《辍耕录》记述那些轻薄的少年淫乱，被人抹上了一种药，结果终身阳痿，我怀疑这药便是蚺蛇的脂肪。另外在唐代孙思邈所著《备急千金要方》中，提到鹿脂也有同样的药力。

---

① 阴痿（wěi）：这里实指阳痿。阴，生殖器。

② 《辍耕录》：元陶宗仪撰。自耕得暇，常在树荫下采树叶作笔记，贮入破盆内，十年编成此书三十卷。书中多记元代掌故、典章、文物及元末农民军事迹，兼入书画、诗词考证，有很高的学术价值。

③ 佻（tiāo）㒓（tà）：也作挑达，轻薄、戏谑。

④ 孙思邈（miǎo）：唐代医学家（公元581—682年），在医学上有很大贡献。

⑤ 《千金方要》：《备急千金要方》，唐孙思邈撰。这里提到的"鹿脂"一方，载原书第二十六卷。

卷十二

虾为眼

世传水母以虾为眼,无虾则不能行。云虾聚食其涎,因载之以行。近闻温州①人云,水母大者圆径五六尺,肥厚而重,一人止可担二个。头在上面,正中两眼如牛乳。剖之,中各有小红虾一只。故以云"虾为眼",前说非也。又水母俗名"海蛰","直列"反,但不知为某字。《松江志》②作"海蜇",《翰墨大全》③作"海蚱④"。按"蛰":虫冬伏也;"蜇":虫伤人也,皆非物名,亦非"直列"音。"蚱"音"除驾",《本草》作"蜡",音同。音虽非"直列",实水母之异名。温州人又呼水母为"鲊鱼⑤",鲊字无意,岂即"蚱"音之讹耶?

【译】据传水母以虾做眼睛,没有虾就没法行动。又说是虾聚一起吸水母的涎,所以水母才载着虾游动的。最近听到温州人说,水母大的直径有五六尺,体型肥厚而且极重,一个人只能担得动两个。水母的头在上面,正中间有两个像牛乳般大小的眼睛,剖开眼可看到中间各有一只小红虾,

---

① 温州:明代府名,治所在今浙江温州。
② 《松江志》:明正德刻《松江府志》(三十二卷),顾清撰。
③ 《翰墨大全》:《翰墨全书》(十二卷),明代王宇撰。
④ 海蚱(zhà):海蜇。
⑤ 鲊(zhǎ)鱼:今指经过腌制的鱼。

所以才说是"虾为眼",可见前面那种说法是不对的。另外水母俗名又叫"海蛰",知道字音是"直列",却不知到底是哪个字。《松江志》写作"海蜇",《翰墨大全》则写作"海蛇"。按"蛰",为虫类其冬眠之意;而"蜇",是虫刺伤人之意,都不是动物的名字,也不念"直列"的音。"蛇"音为"除驾",《本草》读作"蜡",音相同。蛇的读音虽不是"直列",却实际是水母的一个异名。温州人又把水母叫作"鲊鱼",鲊字本没什么意义,该不就是"蛇"字的误写吧?

卤水

凡盐利之成,须藉卤水。然卤之淋取,又各不同。有沙土漏过,不能成咸者,必须烧草为灰,布在摊场①,然后以海水渍之。俟晒结泛白,扫而复淋。有泥土细润常涵咸气者,止用刮取浮泥,搬在摊场,仍以海水浇之。俟晒过干坚,聚而复淋。夏用二日,冬则倍之,始咸可用。于是将晒过咸泥约五六十担,挑积高阜。修为方丈池,池旁下掘成井,口用管道阴通。再以海水倾渍池中咸泥,使卤水流入井口,然后以重三分莲子②试之。先将小竹筒装卤,入莲子于中,若浮而横倒者,则卤极咸,乃可煎烧。若立浮于面者,稍淡;若沉而不起者,全淡,俱弃不用。此盖海有新泥及遇

---

① 摊场:晒盐场。

② 莲子:荷花所结之子,一名莲实、莲米,供食用。

水之故也。

【译】 凡是以盐得利，必须依靠卤水。不过卤水的淋取，方法各有不同。有的用沙土漏过以后，还不够咸的时候，必须烧一些草木灰，撒在摊场上，然后放海水来浸渍。等到晒干发白的时候，扫起来再淋。有的泥土细润常含有咸味，只需把浮泥刮起来，搬到摊场上，也用海水浇渍，等到晒干、晒硬后，再堆到一起淋。夏天用两天，冬天要加倍，只要咸了就可以用。于是，就将晒过的咸泥约有五六十担，挑到一起堆成堆。挖一个一丈见方的池子，池子旁边挖成一个井，井口与池子之间埋一个管道连接起来。接着就用海水泡渍池子里的咸泥，让卤水流到井里，然后用重三分的莲子检查卤水的咸度。做法是：先用小竹筒装满卤水，再把莲子放到竹筒中，如果莲子浮在上面而且横着或倒着，那证明卤水相当咸，这就可以进行煎烧了。要是莲子竖着浮在面上，说明卤水稍淡一些；要是沉下去浮不起来，那就是太淡了，都不能用于煎烧。这是因为所刮的可能是新淤积的泥土，或者是遇到雨天的缘故。

鏺盘①

凡煎烧之器，必用锅盘。锅盘之中，又各不同，大盘八九尺，小者四五尺，俱用铁铸。大止六片，小则全块。锅有铁铸，宽浅者谓之鏺盘。竹编成者谓之蔑盘。铁盘用石灰

---

① 鏺（piě）盘：烧盐用的敞口锅。

粘其缝隙，支以砖块。蔑盘用石灰涂其里外，悬以绳索。然后装盛卤水，用火煎熬。一昼一夜，可煎三干①。大盘一干，可得盐二百斤之上。小锅一干，可得盐二三十斤之上。若能勤煎可得四干。大盘难坏，而用柴多，便于人众，浙西场分多有之。小盘易坏，而用柴少，便于自己②，浙东场分多有之。盖土俗各有所宜也。

【译】熬盐的用具，必须是锅盘。锅盘的规格，也各不相同。大的直径八九尺，小的只有四五尺，都是用铁铸成。大锅分六片铸造，小的是整个铸成。铁铸的锅中，宽大而又较浅的叫镬盘。用竹子编成的叫作蔑盘。铁盘要用石灰把缝隙粘起来，用砖块支好。蔑盘要用石灰里外都抹一层，用绳索吊起来。准备好后，就把卤水倒进锅里，点火煎熬。一天一夜，可以熬干三锅。大锅煎干一次，可得到二百多斤盐。小锅煎干一次，可得二三十斤的盐。如果抓紧一点，一昼夜可以煎干四锅。大锅不容易烧坏，但用柴火比较多，适合于人多的干，浙西摊场上多是这种。小锅容易坏，但用柴较少，适合单个人干，浙东摊场上见到的较多。各地习惯用的办法都有它的可取之处。

黄瓜

苏东坡③有云："紫李黄瓜村落香。"黄瓜，今四五

---

① 三干：三锅，下文"一干""四干"皆同。
② 自己：指单个人。
③ 苏东坡：苏轼（公元1037—1101年），北宋著名文学家、书画家，诗文有《东坡七集》。

月淹①为菹②者是也。《月令》③:"四月王瓜④生,苦菜⑤秀。"王瓜非今作菹之瓜,其实小而有毛,《本草》名"菝葜⑥",京师人呼之为"赤包儿"。谓之"瓜"者,以其根相似耳。今人以其与苦菜并称,遂疑即今黄瓜,而反以"黄"字为讹。

【译】苏东坡有"紫李黄瓜村落香"的诗句。黄瓜,就是现在四五月间渍作酸菜(菹)的那种瓜。《礼记·月令》:"四月王瓜生,苦菜秀。"这里的王瓜并不是现在泡酸菜的黄瓜,王瓜个小而且有毛,《本草》称作"菝葜",京师里的人叫作"赤包儿"。把它称作"瓜"的原因,主要是它的藤蔓很像瓜类。现在人们因为王瓜在《礼记·月令》里与苦菜并称,便以为它就是今天的黄瓜,而且反以为"黄"字是错的。

木绵花

木绵花生南越⑦,树高四五丈,花红似山茶,子如楮⑧

---

① 淹:同"腌",泡、渍。

② 菹(zū):酸菜。

③ 《月令》:《礼记》之一篇。

④ 王瓜:一名土瓜,多年生草本,实似瓜圆而长,可食。

⑤ 苦菜:又名荼、苦苣、天香菜等,有清热凉血、解毒除痢的作用。

⑥ 菝(bá)葜(qiā):俗称"金刚刺",根、茎可供药用。

⑦ 南越:古国名,秦末赵佗(?—公元前137年)所建,应为今两广地,都今广州。《史记》作"南越",《汉书》作"南粤"。

⑧ 楮(chǔ):通称构树,叶似桑,果圆形,熟时红色。

实。绵出子中，可贮茵褥①。苏州人称攀枝花者，是也。今纺织以为布者，止可名"绵花"，《云间通志》②以为"木绵花"，盖踵③蔡氏④误耳。尝见一士人家《葵轩卷》⑤中记序题咏，皆形状今蜀葵花⑥，盖不知倾阳⑦、卫足⑧，自是冬葵⑨可食者。《诗·七月》"烹葵及菽⑩"，公仪休拔园葵⑪，皆是也。古人文字中记载名物，必考覈⑫精详，故少有此失。

【译】木绵花生长在南越地区，树高有四五丈，花红色，很像山茶花，子很像楮果。木绵出在子里面，可絮垫褥之类。苏州人称作攀枝花的，就是木绵花。现在可以纺织成布的，只能叫作"绵花"，《云间通志》称为"木绵花"，

---

① 茵褥：垫褥。茵，泛指铺垫的用品。

② 《云间通志》：宋代杨潜撰《云间志》（三卷），即《华亭县志》，华亭地今为上海松江。

③ 踵（zhǒng）：追随，在后面跟着。

④ 蔡氏：疑为蔡伦，东汉宦官，因发明"蔡侯纸"而著名。

⑤ 《葵轩卷》：指一幅画葵的卷轴。

⑥ 蜀葵花：蜀葵，又名戎葵、吴葵、一丈红等。蜀葵花又名侧金盏、棋盘花、水芙蓉等，有和血润燥、止血、通利二便的功用。

⑦ 倾阳：向日葵的别名。

⑧ 卫足：蜀葵的别名，谓葵能蔽其足根。

⑨ 冬葵：锦葵科，冬天开小白花。古代以冬葵嫩叶为蔬菜，亦名"冬寒菜"。

⑩ 菽（shū）：豆类的总称。

⑪ 公仪休拔园葵：公仪休为战国鲁穆公相。《史记·循吏列传》载：公仪休"尝食茹而美，拔其园葵而弃之"。

⑫ 考覈（hé）：考证校核。覈，今通作"核"。

这是因袭了蔡伦的错误。曾见一读书人家《葵轩卷》画面上的记序题咏之类，说的都是今天的蜀葵花，不知道倾阳（向日葵）、卫足（蜀葵）之类，只有冬葵一种可以当蔬菜吃。《诗经·七月》的"烹葵及菽"，还有战国公仪休拔园葵，这葵就是冬葵。古人文字中记载名物，必会考订得十分精细，所以很少有这种失误。

楼子牡丹

江南自钱氏①以来，及宋、元盛时，习尚繁华。富贵之家，以楼前种树，接各色牡丹于其杪②，花时登楼赏玩，近在栏槛③间，名"楼子牡丹"。今人以花瓣多者名"楼子"，未知其实故也。

【译】江南地区从五代十国的吴越国钱氏以来，到宋、元昌盛时期，崇尚奢华之风。富贵人家在楼前种有树木，把各种颜色的牡丹接在树梢上，花开时登上楼去赏玩，牡丹近在楼上栏杆之间，名字就叫"楼子牡丹"。现在人们通常把花瓣多的牡丹称作"楼子"，是因为不知实际情形的缘故。

大鱼

景泰④间，温州乐清县⑤有大鱼，随潮入港。潮落，不能

---

① 钱氏：五代十国时吴越国为钱镠（liú）建立，故有钱氏之说。
② 杪（miǎo）：树枝末梢。
③ 栏槛（kǎn）：栏杆。槛，栏。
④ 景泰：明景帝（代宗）在位年号（公元1450—1456年）。
⑤ 乐清县：今浙江乐清，临海。

去，时时喷水满空如雨。居民聚集，磔^①其肉，忽一转动，溺水死者百余人，自是民不敢近。日暮雷雨，飞跃而去，疑其龙类也^②。又一日潮长时，鱼大小数千尾，皆无头，蔽江而过。民异之，不敢取食。疑海中必有恶物啮去其首，然啮而不食，其多如许。理不可究。予宿雁荡^③，闻之一老僧云。

【译】景泰年间，温州乐清县海里发现有一条大鱼，在涨潮时随着潮水进到港里。退潮后，大鱼回不去了，常常向上面喷出水来，有如满天下雨一般。那一带的居民都聚集到那里，要砍鱼的肉，大鱼猛一转动，淹死了一百多人，再没人敢接近大鱼。傍晚时分下起了雷阵雨，大鱼飞跃出海而去，人们都怀疑是龙一类的动物。又有一天涨潮时，有鱼大大小小数千条之多，都没有头，满海边都是。人们很奇怪，不敢弄来吃。怀疑必是海里有什么凶恶的动物咬掉了这些鱼的头，可咬了又不吃，才有如此之多。此事真叫人不可理解。这是我住宿在雁荡山时，听一个老僧讲的。

---

① 磔（zhé）：古时一种分裂肢体的酷刑。

② 以文意观之，这里说的是鲸鱼。

③ 雁荡：山名。今浙江乐清、平阳境内。因山顶有湖，雁春归时留宿于此，故名雁荡。

卷十三

亭馆花木

江南名郡,苏、杭并称。然苏城及各县富家,多有亭馆花木之胜。今杭城无之,是杭俗之俭朴愈于苏也。湖州①人家绝不种牡丹,以花时有事蚕桑,亲朋不相往来,无暇及此也。严州②及于潜③等县,民多种桐④、桑、桕⑤、麻、苎⑥,绍兴多种桑、茶、苎,台州⑦地多种桑、桕。其俗勤俭,又皆愈于杭矣。苏人隙地多榆、柳、槐、樗⑧、楝⑨、榖⑩等木。浙江诸郡,惟山中有之,余地绝无。苏之洞庭山⑪,人以种桔为业,亦不留恶木⑫,此可以观民俗矣。

【译】苏州和杭州,并称江南有名的州郡。苏州城内及

---

① 湖州:明代府名,因滨太湖而得名,今浙江吴兴一带。

② 严州:明代府名,辖境今浙江建德、淳安、桐庐三地。

③ 于潜:古县名,今浙江临安以西。

④ 桐:指油桐树,子实榨油,有毒,可制油墨、油漆等。

⑤ 桕(jiù):乌桕,也叫蜡子树,落叶乔木。种子外面包着一层白色蜡层称"桕脂",可制蜡烛和肥皂,种子可榨油。叶可制黑色染料。树皮和叶均可入药。

⑥ 苎(zhù):苎麻,多年生草木植物,茎、皮纤维为纺织夏布的重要原料。

⑦ 台州:明代府名,辖今浙江象山至温岭一带,治所在今浙江临海。

⑧ 樗(chū):椿树,臭椿,木质较优。

⑨ 楝(liàn):落叶乔木。果及根、皮可供药用。

⑩ 榖(gǔ):楮,也叫构树,榖桃等。

⑪ 洞庭山:在今江苏吴县西南太湖中,分东、西二山。

⑫ 恶木:无用之树。

附近各县富有之家，多有亭馆花木等胜景，现在杭州城内没有这些东西，可见杭州风俗之俭朴超过了苏州。湖州人家里绝不种牡丹，认为植花时节正是忙于蚕桑的时候，连亲戚朋友之间都顾不上往来，没有空闲时间来赏玩牡丹。严州到于潜几个县，农民大多种植桐、桑、柏、麻、苎，绍兴一带多种植桑、茶、苎，台州一带多种植桑、柏。这些地方风俗之俭朴，又都胜过了杭州。苏州地区的人在空闲之地多植有榆树、柳树、槐树、椿树、楝树、枸树等。浙江诸郡，只有山区才有这些树木，其他地区绝不种它。苏州的洞庭山，人们都以种橘为业，也不留其他没有用处的树木，由此可以看到当地人的习俗。

石首鱼①

石首鱼，四五月有之。浙东温②、台③、宁波近海之民，岁驾船出海，直抵金山④、太仓⑤网之。盖此处太湖淡水东注，鱼皆聚之。它如健跳千户所⑥等处固有之，不如此之多也。金山、太仓近海之民，仅取以供时新耳。温、台、宁波

---

① 石首鱼：黄花鱼、黄鱼。因头骨内有豆大骨二，坚如石，故名"石首鱼"。

② 温：温州。

③ 台：台州。

④ 金山：今上海金山东南金山卫，与海中金山相对，明洪武十九年（公元1386年）设卫。

⑤ 太仓：今江苏太仓。

⑥ 健跳千户所：地名，在今浙江三门东。明洪武时建卫所之一。

之民，取以为鲞①，又取其胶，用广而利博。予尝谓涉海以鱼、盐为利，使一切禁之，诚非所便，但今日之利，皆势力之家②专之，贫民不过得其受雇之直③耳。其船出海，得鱼而还则已，否则遇有鱼之船，势可夺，则尽杀其人而夺之，此又不可不禁者也。若私通外蕃④，以启边患⑤，如闽、广⑥之弊，则无之。其采取淡菜⑦、龟脚⑧、鹿角菜⑨之类，非至日本相近山岛，则不可得，或有启患之理。此固职巡徼⑩者所当知也。

【译】石首鱼，四五月的时候才有。浙江东部温州、台州、宁波一带沿岸渔民，到时就驾船出海，一直北上抵达金山、太仓一带海域捕捞石首鱼。因为这一带为太湖淡水东注入海的地区，海鱼多聚集在附近海域。其他地方如浙江

---

① 鲞（xiǎng）：剖开并晾干的鱼。

② 势力之家：有权势、有能力的人家。

③ 直：工钱。今一般写作"值"。

④ 外蕃：外国。

⑤ 边患：边界争端。

⑥ 闽、广：指福建、广东一带。

⑦ 淡菜：壳菜，又名海蚆（bì）、红蛤、珠菜等。厚壳贻贝，生活浅海岩石间，取肉鲜用或加工成干，能补肾益精血。

⑧ 龟脚：石蜐（jié），又名观音掌、紫砝，为大型有柄蔓足类动物。形如龟脚，以柄部固着于海水澄清的岩石缝隙中。有利小便、补虚作用。

⑨ 鹿角菜：异名猴葵、赤菜、山花菜，即海萝的藻体，紫红色，状如"鹿角"。有清热、化痰、消食之功效。

⑩ 巡徼（jiào）：巡察。

健跳千户所等处虽然也有石首鱼，但没有金山、太仓一带的多。金山、太仓一带沿海渔民，仅仅捕捞一些当作时新食用。温州、台州、宁波渔民，则是用它晒成鱼干（鲞），还取出鱼胶，用途很广、得利很多。我曾认为近海之民都是从鱼、盐中得利，假使一切都禁止了的话，那当然未必便当。但现在的鱼、盐之利，都被有权势的人家占了，贫苦之人只不过得了几个受雇用的工钱而已。渔船一出海，捕得鱼平安回港还好，不然遇到有鱼的船，看情势能够强夺的，就把船上的人杀了而夺过来，这又是不可不加禁止的事。倘若私自与外国往来，引起边境争端，就像福建、广东那里的弊端，倒是不会有的。渔民们要采拾淡菜、龟脚、鹿角菜之类的话，非得远至与日本邻近的海岛，否则就得不到，这倒可能会引起边界问题。这原本是负责巡察事务的人所应当知晓的。

辟麝草①

温茶即辟麝草，酒煎服，治毒疮。其功与一枝箭②等③，

---

① 辟麝草：不明何草，待考。

② 一枝箭：草药名。数种草药的别名都被称作"一枝箭"，各地所指并不一致，如多年生草本石韦、石蒜、地榆、红旱莲、徐长卿、铁棒槌以及直立小灌木夜关门等，都有"一枝箭"的别称，这里所指不明究竟是哪一味。

③ 等：相同。

未知果否①？一枝箭出贵州，同五味子根②、金银藤③共煎，能愈毒疮。

【译】温茶，就是辟麝草，用酒煎服，可治毒疮。它的功用据说与一枝箭相同，不知是否如此？一枝箭产自贵州，与五味子根和金银藤合起来煎汤，可治好毒疮。

猫胎衣④

猫生子胎衣，阴干烧灰存性，酒服之，治噎塞病有效。闻猫生子后，即食胎衣，必候其生时急取之，稍迟则落其口矣。

【译】猫下崽的胎衣，阴干后烧灰保存，调酒喝下，能治好噎塞病症。听说猫生崽以后，很快会吃掉胎衣，必须等它生产时赶紧取到，稍晚一点就会落到它的口里了。

鬼蒺藜

沈王⑤府长史⑥王庭⑦，予同学友也，任国子学正⑧时，

---

① 未知果否：不知到底如何。

② 五味子根：五味子又名百藤、山花椒，浆果球形。功用为敛肺、滋肾、生津、收汗、涩精。

③ 金银藤：忍冬藤，多年生常绿缠绕灌木，高达九米。茎、花蕾（金银花）、果实（银花子）均可供药用，能清热、解毒、通络。

④ 胎衣：胎盘和胎膜，中医统称为胎衣。

⑤ 沈王：明初沈简王朱模，明太祖第二十一子，洪武二十五年（公元1392年）封。

⑥ 长史：历代王府都沿设长史一职，总管府内事务。

⑦ 王庭：人名。

⑧ 国子学正：国子监学正。学正，官名。主教授儒学。

病大便下血,势濒危殆。一日,昏愦中闻有人云:"服药误矣!喫小水①好。"庭信之,饮溺②一碗,顷甦③。遂日饮之,病势渐退,易医而愈。杭州府通判④王某,河间⑤人,病腹胀,服药不效。梦人语云:"鬼蒺藜可治。"王寻取煎液饮之,痛不可忍,俄顷洞泄⑥,迸出一虫,长丈余,寻愈⑦。

【译】 沈王府长史叫王庭,是我一个同学的朋友,他在任国子监学正之时,得了大便出血的病,情势到了相当危险的地步。一天,他昏迷中听到有人在耳边说:"服药错了!喝小便就好。"王庭相信了这话,喝了一碗尿水,一会儿就苏醒了。于是就天天喝尿,病情一天天好起来,换了这么个治疗的法子就好了。杭州府通判王某人,为河间人氏,得了肚子发胀的病,服药没有什么效果。梦中听到人说:"鬼蒺藜能治好你的病。"他找来煎汤喝了,感到疼痛难以忍受,不一会就大泻起来,便出一条虫子,足有一丈多长,一会儿病就好了。

---

① 小水:小便。

② 溺:尿。

③ 顷甦(sū):不一会就苏醒了。顷,不久。甦,苏醒,通"苏"。

④ 通判:各府所设的主管粮运及农田水利等事务的官职。

⑤ 河间:明代府名,治所在今河北河间。

⑥ 俄顷洞泄:不一会就大泻起来。俄顷,片刻,不久。

⑦ 寻愈:一会儿就好了。寻,随即,不久。

轮回酒

轮回酒，人尿也。有人病者，时饮一瓯①，以酒涤口，久之，有效。跌扑损伤、胸次胀闷者，尤宜用之。妇人分娩后，即以和酒煎服，无产后诸病。

【译】轮回酒，是人尿的雅称。有病的人，时常喝上一杯，用酒漱口，时间一长，就能有效。跌打损伤、胸腹胀闷的病人，尤其适用此方。妇女分娩以后，用小便和酒煎服，可保不会有产后的各种病症。

快活台②

宋与金人和议③，天下后世专罪秦桧④，予尝观之，桧之罪固无所逃，而推原其本⑤，实由高宗⑥怀苟安自全之心，无雪耻复仇之志。桧之奸有以窥知之，故逢迎其君，以为容悦⑦，以固恩宠耳。使⑧高宗能如勾践⑨卧薪尝胆，必

---

① 瓯（ōu）：盛酒器皿。

② 快活台：宋代西湖名胜之一。

③ 宋与金人和议：南宋王朝于绍兴十二年（公元1142年）被迫与金签订"绍兴和议"，割地赔款议和。

④ 秦桧（公元1090—1155年）：南宋初奸臣。

⑤ 推原其本：寻究其根源。本，根源，来源。

⑥ 高宗：宋高宗赵构（公元1107—1187年），宋徽宗第九子，公元1127—1162年在位，其间使秦桧为相，杀害岳飞，与金订"绍兴和议"，割地纳贡称臣。

⑦ 容悦：苟容以求悦，阿谀奉承的意思。

⑧ 使：假如。

⑨ 勾践（？—公元前465年）：春秋末越国国君。国破后卧薪尝胆十年，终灭吴雪耻，成为霸主。

以复仇雪耻为心，则中原常在梦寐，其于临安①偏隅，盖不能一朝居矣。恢复之计，将日不暇给，而何以风景为哉？今杭之"聚景②""玉津③"等园，云皆始于绍兴④间，而孝宗⑤遂以为致养之地。近游报恩寺⑥，后山顶有平旷处，云是高宗"快活台"遗址。又如西湖喫"宋五嫂鱼羹⑦"之类，则当时天下为乐，而君父之仇置之度外矣！和议之罪，可独归之桧哉⑧？

【译】南宋与金人签订"绍兴和议"，天下后人都把罪责推给秦桧一人。据我看来，秦桧的罪责固然是不能逃脱的，而推究其根源来，实际是宋高宗怀苟安自全之心、无雪耻复仇之志造成的。狡诈的秦桧看到这一点，有意做出逢迎高宗的事，以此来讨得这位皇帝的欢心，用以巩固自己受恩宠的地位。假使高宗能像越王勾践那样卧薪尝胆，必然以复仇雪耻为心，那么中原国土就会常在自己睡梦之中，像那样

---

① 临安：宋王朝由于金兵所迫南迁，于绍兴八年（公元1138年）定都于临安，在今杭州市。

② 聚景：古代杭州园林名。

③ 玉津：古代杭州园林名。

④ 绍兴：宋高宗赵构年号之一，公元1131—1162年。

⑤ 孝宗：宋孝宗赵眘（shèn）（公元1127—1194年），宋太祖七世孙，因高宗无子而即位皇帝。

⑥ 报恩寺：杭州古寺名。

⑦ 宋五嫂鱼羹：宋代西湖美食。

⑧ 可独归之桧哉：怎么能只怪罪秦桧一人呢？

临安恐怕一天也待不住。恢复中原的大计，将会想都想不及，怎么还会顾得上风景名胜的建造呢？现在杭州的"聚景""玉津"等园林，据说都始建于高宗绍兴年间，到孝宗时便成了他游乐的场所。最近游览报恩寺，寺后山顶有一片平旷之处，传说就是高宗当时的"快活台"遗址。又如西湖还有吃"宋五嫂鱼羹"之类的事，可见当时朝野以享乐为上，把君父之仇都统统忘在了一边。和议的罪责，怎么可以归咎于秦桧一人呢？

梨之从利

六书①有谐声，梨之从"利"，榴之从"留"，桃之从"兆"，犹鹅之从"我"，鸭之从"甲"，鸡②之从"奚"，可类推也。近世作《本草衍义补》③者，曰"榴者留也"，若曰"桃者兆也"，则不通矣，当各言其性味可也。

【译】造字法六书中有形声一项，如梨之从"利"音，榴之从"留"音，桃之从"兆"音，好似鹅之从"我"音，鸭之从"甲"音，鸡之从"奚"音，可由此类推。近世有人作《本草衍义补》一书，说"榴就是留"，如同说"桃即是兆"，这就不通了，当是说的它们各自的性味特征。

---

① 六书：汉代学者分析汉字形体归纳出的六种造字法则，即象形、指事、会意、形声、转注、假借。

② 鸡：繁体作"鷄"。

③ 《本草衍义补》：《本草衍义补遗》，元代医学家朱震亨撰。

不食蟹

松江干山①人沈宗正②,每深秋设断③于塘,取蟹入馔。一日见二三蟹相附而起,近视之,一蟹八跪④皆脱,不能行,二蟹舁⑤以过断。因叹曰:"人为万物之灵,兄弟朋友,有相争相讼,至有乘人危困而挤陷之者。水族之微⑥,乃有义如此。"遂命拆断,终身不食蟹。

【译】松江干山有个人叫沈宗正,每到深秋时节便在池塘内设鱼籪捉蟹为食。有一天看到两三只螃蟹互相攀附着浮到水面,近前一看,见到一只螃蟹八条腿都脱掉了,动弹不得,另有两只蟹抬着它准备越过鱼籪。沈宗正因此感慨万端,说:"人是万物之灵,兄弟朋友之间,还有互相争辩不已的,甚至还有乘人之危而落井下石的。像螃蟹这种水族中的微小生命,竟还有如此的义气。"于是叫人赶快拆去断具,从此终身再不以螃蟹为食。

---

① 干山:松江地名。

② 沈宗正:人名。

③ 断:应为"籪(duàn)"。插在河水里的竹栅栏,用来阻挡鱼、虾、螃蟹,以便捕捉。

④ 跪:脚。《韩非子·内储说下》:"门者刖(yuè)跪(看门人要砍掉脚)。"

⑤ 舁(yú):抬。

⑥ 微:小。

卷十四

殽饤①

陈某者,常熟涂松②人,家颇饶③。然夸奢无节,每设广席④,殽饤如鸡、鹅之类,每一人前必欲具头尾。尝泊舟苏城沙盆潭,买蟹作蟹螯汤⑤,以螯小不堪,尽弃之水。狎一妓,为制金银首饰,妓哂⑥其吝,悉抛水中,重令易制。积岁负租及官物料价⑦颇多,官府追偿,因而荡产。乃僦屋以居,手艺蔬⑧,妻辟纑⑨自给。邻翁怜其劳苦,持白酒一壶,豆腐一盂馈之,一嚼而病泄累日。妻问曰:"沙盆潭首饰留今日用,何如?"某云:"汝又杀我矣!"

【译】有一个人姓陈,是常熟县涂松人,家里很富有。可是他奢侈而无一点节制,常常大摆宴席,席中摆设的食物

---

① 殽(xiáo)饤(dìng):陈列的肉食。《广韵》说:饤,贮食。陈设食品而不食,谓饤。《集韵》也说:饤,置食也。殽,肉带骨曰殽。

② 涂松:地名,常熟县内。

③ 饶:富裕。

④ 广席:广大之座席。《五代史·南唐世家》:"宗族七百口每设广席,长幼以次坐而共食。"

⑤ 蟹螯(áo)汤:螃蟹钳脚做的汤。螯,螃蟹等节肢动物变形的第一对足,形如钳子,用于取食和自卫。

⑥ 哂(shěn):讥笑;微笑。

⑦ 料价:折价。

⑧ 艺蔬:种植蔬菜。艺,种植。

⑨ 辟纑(lú):纺织。纑,麻线,可以织布。

如鸡、鹅之类，每人面前都必得放一整只。有一次他在苏州沙盆潭停船，买了螃蟹准备做蟹螯汤，因为买的蟹钳脚太小，于是就把螃蟹全都倒进了河里。又曾与一妓女来往，为她制作金银首饰，妓女讥笑他太小气，他把制好的首饰全都抛进河里，重新叫人制作。由于连年负租和欠债太多，官府迫他偿还，因此而倾家荡产。后来不得不租房居住，亲自下地种菜，妻子也动手纺织，自己养活自己。隔壁邻居一老汉怜悯他们太劳苦，提来一壶白酒和一盘豆腐送给他们，这位姓陈的人吃了以后就拉了几天肚子。妻子对他说："沙盆潭扔掉的首饰要留在今天用的话，那情形又会是怎样？"姓陈的听了这话，说："你这又像是杀我一样！"

柏

种柏必须接①，否则不结籽，结亦不多。冬月取柏籽舂于水碓，候柏肉皆脱，然后筛出核，煎而为蜡。其核磨碎，入甑蒸软，压取清油，可燃灯；或和蜡浇烛；或杂桐油制伞。但不可食，食则令人吐泻。渣名油饼，壅田甚肥。

【译】种柏必须嫁接，否则就不结籽，即便结也不会多。冬季把柏籽放在水碓上舂，舂到柏肉都脱离以后，就把核筛出来，肉煎成蜡。柏核捣碎后放到甑里蒸软，压出的清油可以点灯，或者和蜡浇成蜡烛；或调合桐油制作雨伞。但是不可食用，吃了会使人吐泻不止。压出油以后的核渣叫油

---

① 接：嫁接。

饼，施到地里有很好的肥效。

香蕈①

香蕈，惟深山至阴之处有之。其法：用干心木、橄榄木，名曰"蕈榛②"，先就深山下斫倒仆地，用斧斑驳③剉木皮上。候湿经二年始间出，至第三年蕈乃遍出。每经立春后，地气发泄，雷雨震动，则交出木上。始采取，以竹篾穿挂，焙④干。至秋冬之交，再用功遍木敲击，其蕈间出，名曰"惊蕈"，惟经雨则出多。所制亦如春法，但不若青蕈之厚耳。大率厚而小者，香、味俱胜。又有一种，适当清明向日处，间出小蕈，就木上自干，名曰"日蕈"，此蕈尤佳，但不可多得。今春蕈用日晒干，同谓之日蕈，香、味亦佳。（原注：出《龙泉县志》⑤。蕈字原作"葚⑥"，土音之讹，今正之。又尝见《本心斋蔬食谱⑦》作"荨⑧"，尤无据。盖

---

① 香蕈（xùn）：香菇。
② 蕈榛（zhēn）：应为"蕈砧"，蕈床也。榛，同"榛"。
③ 斑驳：这里指没有规律。今意为多种颜色夹杂在一起。
④ 焙（bèi）：用微火烘烤。
⑤ 《龙泉县志》：不明作者。
⑥ 葚（rèn, shèn）：桑树的果实。
⑦ 《本心斋蔬食谱》：书名，宋代陈达叟撰，为饮食之谈。
⑧ 荨（qián）：荨麻，多年生草木植物。茎皮纤维可做纺织原料。

《说文》《韵会》①皆无"蕈"字,《广韵》②有之。)

【译】香蕈,只有深山最阴湿的地方才长。做法是:用干心木、橄榄木作产蕈的"蕈砧",先在深山里砍倒,用斧头在树皮上砍出一个个口子。等到阴湿两年后蕈便开始长出,到第三年就长满了。每当立春以后,地气上升,雷雨震动,蕈就交替着从倒木上长出来。此时开始采蕈,用竹篾条一个个串起来,用微火烘干。到秋冬之交的时节,再用劲在整棵树上敲打,蕈也能不断出来,这就叫"惊蕈",要是下雨后出得更多。炮制的方法同春天的相似,但不像春蕈那样厚实。大体来说,蕈厚又小的,香气、味道都不错。还有一种蕈,是在较亮的向阳地方,有时也能长出蕈来,可让它就在木头上自己枯干,这就叫"日蕈"。这种蕈更好,只是不可多得。现在春蕈一般放在太阳底下晒干,也同样叫作日蕈,香气、味道也都很好。(原注:出《龙泉县志》。蕈字原来写作"蕋",是方言讹变成的,现在把它改正过来。又曾见宋代陈达叟《本心斋蔬食谱》中写作"荨",更是没有根据。这大概是因为《说文》《韵会》都没有"蕈"字,《广韵》里有这个字。)

---

① 《韵会》:《古今韵会》,古代韵书之一,元黄公绍编。其学生熊忠删繁举要,改编为《古今韵会举要》。

② 《广韵》:宋代韵书,陈彭年、邱雍等编。

饮酒

古人饮酒有节①，多不至夜，所谓"厌厌夜饮，不醉无归②"，乃天子宴诸侯，以示慈惠耳，非常宴然也。故长夜之饮，君子非之。京师惟六部、十三道③等官饮酒多至夜，盖散衙时才得赴席，势不容不夜饮也。若翰林④、六科⑤及诸闲散之职，皆是昼饮。吾乡会饮，往往至昏暮才散，此风亦近年后生辈起之。殊不思主人之情，固所当尽；童仆伺候之难，父母悬念之切，亦不可不体⑥也。李宾之⑦学士⑧饮酒不多，然遇酒边联句或对奕⑨，则乐而忘倦。尝中夜饮酒归，其尊翁⑩犹未寝，候之。宾之愧悔，自是赴席誓不见烛⑪。将

---

① 节：节制。

② 厌厌夜饮，不醉无归：语出《诗·小雅·湛露》。厌厌，安逸之意。厌，有饱之意。

③ 六部、十三道：隋唐时代起，中央行政机构分吏、户、礼、兵、刑、工六个部，总称六部。明都察院派往全国十三道的监察御史，总称十三道（分别是浙江、江西、河南、山东、福建、广东、广西、四川、贵州、陕西、湖广、山西、云南）。

④ 翰林：翰林属员，如学士、侍讲、侍读、修撰、检讨等。

⑤ 六科：明清官制有六科给事中，即吏、户、礼、兵、刑、工，谓之六科，给事中主抄发章疏，稽察违误，权力很大。

⑥ 体：体察，体谅。

⑦ 李宾之：人名。

⑧ 学士：官名。各代所司之责不尽相同，明清两代的殿、阁学士，实际上掌治宰相职权。一般主管典礼、编纂、撰述等事务者，通称学士。

⑨ 对奕（yì）：奕，应作弈，音同，古称棋为弈，对弈即下棋。

⑩ 尊翁：尊称人父。翁，父亲。

⑪ 誓不见烛：发誓不见点烛。烛，掌灯的意思。

日晡^①，必先告归。此为人子者所当则效^②也。

【译】古时候的人饮酒都有节制，一般不饮到天黑。古说"厌厌夜饮，不醉无归"，这是讲天子宴请诸侯，用以表示慈惠之意，并不是指平常的宴席。所以长夜之饮，正人君子都不为之。京师只有六部、十三道等官员多饮酒到深夜，因为他们散衙时才能赴酒宴，情势不容不在夜晚饮酒。如翰林、六科及其他闲散的官员都是白天饮酒。我的老家遇到会饮，往往喝到天黑才散席，这种风气也只是近几年由年轻人兴起来的。他们未曾想到，主人的盛情固然是应当尽到的，可是僮仆人等伺候的困难，家里父母悬念的急切心情，也不可不体谅。有位李宾之学士，他虽然酒量并不大，可是遇到酒宴上联句作对或者下棋，他就高兴得忘记了疲倦。曾有一次喝到半夜才回家，他的老父亲还不曾上床睡觉，一直等候着他。这位学士心里又是惭愧，又是后悔，从此以后赴宴决不等到掌灯才回。还不到天黑，必定先行告辞而归。这可以作为当儿子所应当效法的榜样。

---

① 晡（bū）：申时，下午三点至五点。
② 则效：效法的榜样。则，规范，榜样。

卷十五

黄瓜

景泰二年①，新居后园黄瓜一蔓生五条，结蒂与脱花处分张为五，瓜之背则相连附。园丁采入，众玩一过，儿童擘②而食之，后仕③于朝。

【译】景泰二年，我的新居后园里的黄瓜在一根枝蔓上结了五条，是在结蒂和脱花的地方一分为五，瓜背还都互相连附在一起。园丁把瓜摘下来，大家观赏过了以后，一个小孩将它掰开吃了，后来在朝中做了官。

不敢用餻④

昔刘梦得⑤以"餻"字不《经》⑥见，诗中则不敢用。

【译】过去刘梦得认为"餻"字不见于儒家经典中，所以在诗中不敢用它。

蚰蜒⑦

北方有虫名蚰蜒，状类蜈蚣而细，好入人耳。闻之同

---

① 景泰二年：公元1451年。景泰，为明景帝（代宗）年号。
② 擘（bāi）：分裂开，同"掰"。
③ 仕：做官。
④ 餻（gāo）：糕，用米粉或面粉等物制成的食品。
⑤ 刘梦得：唐代文学家刘禹锡。
⑥ 《经》：旧称儒家的著作为"经"。
⑦ 蚰（yóu）蜒（yán）：环节动物。躯干十五节，每节有一对细长的足，像蜈蚣。

寮①张大器②云:"人有蚰蜒入耳不能出,初无所苦,久之觉脑痛,疑其入脑,甚苦之而莫能为之计也。一日将午饭,枕案而睡,适有鸡肉一盘在旁。梦中忽喷嚏,觉有物出鼻中。视之,乃蚰蜒在鸡肉上。自此脑痛不复作矣。"又同寮苏文简③在山海关时,蚰蜒入其仆耳,文简知鸡能引出,急炒鸡置其耳旁。少顷觉有声锽④然,乃此虫跃出也。

【译】北方地区有一种虫子叫蚰蜒,形状像蜈蚣,但细小一些,喜欢钻到人的耳孔里。听同僚张大器说:"有一个人有蚰蜒进到耳朵里没出来,开始还没什么不舒服的感觉,时间一长就觉得头痛,怀疑蚰蜒钻到大脑里面去了,这时特别不好受,却毫无办法对付它。一天刚要吃午饭,就伏在桌子上睡着了,正巧有一盘鸡肉在旁边。他在睡梦中突然打了一个喷嚏,觉得有什么东西从鼻孔里出来了,一看,见一条蚰蜒落到了鸡肉上。从此脑袋疼痛的毛病就再也没有发作过。"又听同僚苏文简说他在山海关时,一条蚰蜒钻到了他仆人的耳朵里,苏文简知道鸡肉可以把蚰蜒引出来,于是赶忙叫人炒了一盘鸡肉放在仆人耳朵旁边。过了一会儿仆人就觉得轰然一响,原来是蚰蜒跳出来了。

---

① 寮(liáo):古同"僚"。

② 张大器:人名

③ 苏文简:人名。

④ 锽(hōng):钟鼓声。

香薷①汤

病霍乱者,浓煎香薷汤冷饮之。或掘地为坎②,汲井水于中,取饮之,亦可。最忌饮热汤,热米汤者必死。

【译】得霍乱病的人,可煎浓香薷汤凉后喝。或者在地上挖一小坑,提井水灌到里面,再取这坑里的水喝,也可以治。最忌讳喝热汤,要是喝热米汤必死无疑。

---

① 香薷(rú):中药名。香薷为一年生草本植物,茎叶可提取芳香油,全草药用有发汗解暑作用。

② 坎:小坑。

升庵外集

（饮食部分）

〔明〕杨　慎　撰

李希绪
张燮明　注释/译文
刘万庆

茶类

茶诀

陆龟蒙①自云嗜茶。作《品茶》一书继《茶经》《茶诀》之后。自注云："《茶经》陆季疵②撰；《茶诀》释③皎然④撰。"疵，即陆羽也。予又见《事类赋注》⑤多引《茶谱》，今不见其书。

【译】陆龟蒙，自称他特别爱好饮茶。继《茶经》《茶诀》之后作有《品茶》一书。自加注解说："《茶经》是陆季疵编著的；《茶诀》是僧人皎然编著的。"疵，就是陆羽。我又看到《事类赋注》引证了许多《茶谱》的话，但《茶谱》这部书至今没有见过。

茶录

凡茶有二类：曰片；曰散。片茶蒸造，实卷摸中串之。

---

① 陆龟蒙：唐文学家。字鲁望（？—约公元881年），长州（今江苏吴县）人。曾任苏、湖二郡从事，后隐居甫里，自号江湖散人、甫里先生，又号天随子。与皮日休齐名，人称"皮陆"。

② 陆季疵：陆羽（公元733—804年），唐复州竟陵（今湖北天门）人。字鸿渐，自称桑苎翁，又号东冈子。性诙谐，闭门著书，不愿为官，与僧皎然颇友好。以嗜茶著名，并对茶道很有研究，旧时视他为"茶神"。撰有《茶经》。

③ 释：释迦牟尼，这里指佛教徒。

④ 皎然：唐诗僧。本姓谢，字清昼，为南朝宋谢灵运十世孙，湖州（今浙江吴兴）人。

⑤ 《事类赋注》：类书名。宋吴淑著，并自加注释。三十卷。分十四部，子目一百篇，每篇取一事物写成一赋，每赋汇集本事物有关词藻、典故以为纲领，注释则详其始末及出处。

惟建①、剑②则既蒸而研③，编竹为格，置焙室中，最为精洁。佗④处不能造。其名有龙、凤、石乳、的乳、白乳、头金、蜡面、头骨、次骨、末骨、鹿骨、山挺十二等，以充岁贡及邦国之用洎⑤。本路食茶。馀州片茶，有进宝、双胜、宝山、两府出兴国军⑥；仙芝、嫩蕊、福合、禄合、运合、庆合、指合出饶⑦、池州⑧；泥片出虔州⑨；绿英、金片出袁州⑩；玉津出临江军⑪、灵川⑫、福州⑬；先春、早春、华英、来泉、胜金出歙州⑭；独行、灵草、绿芽、片金、金茗出潭州⑮；大柘枕出江陵⑯；开胜、开卷、小卷、主黄、翎毛出岳

---

① 建：地名，建昌道，今四川西昌地区。

② 剑：剑南道，今四川剑阁以南大江以北广大地区。

③ 研：磨碾。

④ 佗（tuó）：通"他"。

⑤ 洎（jì）：及。

⑥ 兴国军：地名。宋置，今湖北阳新。

⑦ 饶：饶州，地名。隋置，治所在鄱阳（今江西鄱阳）。

⑧ 池州：地名。唐置，治所在秋浦（今安徽贵池）。

⑨ 虔州：隋置，治所在赣县（今江西赣州）。

⑩ 袁州：隋置，治所在宜春（今属江西宜春）。

⑪ 临江军：地名。宋置，治所在今江西樟树。

⑫ 灵川：地名。唐置县，在今广西灵川境内。

⑬ 福州：地名。隋置闽州，唐改福州，在今福建省闽侯境内。

⑭ 歙（shè）州：隋初置，宋改为徽州，今安徽歙县。

⑮ 潭州：隋名长沙郡。唐改为潭州，明为潭州府，治所在今湖南长沙。

⑯ 江陵：今湖北江陵。

州①；双上、绿芽、大方、小方出岳②、辰③、澧州④东首浅山；簿侧出光州⑤。总二⑥十一名。其两浙⑦及宜江⑧、晃州⑨止以上、中、下或第一至第五为号。散茶有太湖、龙溪、次号、末号出淮南⑩；岳麓、草子、杨树、雨前、雨后出荆湖⑪；清口出归州⑫；茗子出江南⑬。总十一名。又，小岘山在六安州⑭出，茶名小岘春，即六安茶也。

【译】茶总共有两类：一类叫片茶；一类叫散茶。造片茶要蒸，把茶装入卷成圆形的甑子里蒸。独有建昌和剑南一带的茶，既要蒸，还要研磨。蒸后，装入用竹子编成的格子里，放置在烘房中烘干，这样造出的茶，既精良又干净。其他地方不能造。这种茶的名称有龙、凤、石乳、的乳、白

---

① 岳州：隋改巴州置岳州，在今湖南岳阳。

② 岳：岳州。

③ 辰：辰州，在今湖南沅陵、长溪等地。

④ 澧州：在今湖南澧县。

⑤ 光州：在今河南潢川。

⑥ 二：疑有误，应为"三"。

⑦ 两浙：地名。指浙东、浙西，今浙江钱塘南北。

⑧ 宜江：今四川宜宾地区。

⑨ 晃州：唐置羁（jī）縻（mí）州，今四川境内。

⑩ 淮南：淮南郡，三国魏置，在淮水之南。今湖北、江苏、安徽的部分地区。

⑪ 荆湖：地名，今湖北、湖南地区。

⑫ 归州：唐置，今湖北秭（zǐ）归。

⑬ 江南：路名。治所在江宁（今江苏南京）。

⑭ 六安州：宋置六安军，元改为州，今安徽六安。

乳、头金、蜡面、头骨、次骨、末骨、鹿骨、山挺十二个等级，是用来向朝庭缴纳每年的贡品和供国家需要，同时也供本地的人饮用。其他州的片茶进宝、双胜、宝山、两府出产在兴国军；仙芝、嫩蕊、福合、禄合、运合、庆合、指合出产在饶州和池州；泥片出产在虔州；绿英、金片出产在袁州；玉津出产在临江军、灵川和福州；先春、早春、华英、来泉、胜金出产于歙州；独行、灵草、绿芽、片金、金茗出产于潭州；大柘枕出产于江陵；开胜、开卷、小卷、主黄、翎毛出产于岳州；双上、绿芽、大方、小方出产于岳州、辰州和澧州的东边浅山上；簿侧出产在光州，总共三十六个品名。像浙东、浙西和宜江、晁州这些地方没有茶名，仅以上、中、下或第一至第五定等。散茶的名称有太湖、龙溪、次号、末号，出产在淮南；岳麓、草子、杨树、雨前、雨后出产在荆、湖；清口出产于归州；茗子出产于江南。总共十一个品名。还有小岘山，出产在六安州，茶名小岘春，也就是六安茶。

茶子

傅巽①《七诲》②："岖阳③黄梨，巫山④朱桔⑤，南中⑥茶子，西极⑦石蜜⑧。"茶子触处有之，而永昌⑨产者味佳。乃知古人已入文字品题矣。

【译】傅巽著的《七诲》说："岖阳出黄梨，巫山出红橘，南中产茶子，西部山区产石蜜。"茶子虽然到处都有出产，但是以永昌产的味道最好。才知古人早就把它写成文字加以品评了。

蜜云龙

《竹坡诗话》⑩曰："东坡⑪有蜜云龙，山谷⑫有鬻⑬云

---

① 傅巽（xùn）：三国魏人，字公悌，魏文帝时为侍中。
② 《七诲》：书名，傅巽著。
③ 岖阳：地名。不知为今何地。岖，高过大山的小山。阳，山的南面。
④ 巫山：战国楚巫郡，秦巫县，隋改巫山，今四川巫山。
⑤ 朱桔：红橘。朱，红色。
⑥ 南中：古地名。相当四川大渡河以南和云南、贵州两省。三国蜀汉以巴蜀为根据地，其地在巴蜀之南，故称南中。
⑦ 西极：最西边，这里泛指我国西南山区。
⑧ 石蜜：也称"崖蜜"，古代樱桃的别称；又指蔗糖的结晶体和野蜂在山岩中酿制的蜜。
⑨ 永昌：汉永昌郡，元初永昌州，后改为府，杨慎发配处所，今云南保山。
⑩ 《竹坡诗话》：书名。宋周紫芝作。紫芝，字少隐，号竹坡居士，宣城（今属安徽）人。绍兴（公元1131—1162年）中登第，历官枢密院编修官，出知兴国军。
⑪ 东坡：苏轼。北宋文学家、书画家。字子瞻，号东坡居士，眉山（今属四川）人。
⑫ 山谷：黄庭坚。北宋诗人、书法家。字鲁直，号山谷道人、涪翁，分宁（今江西修水）人。他出于苏轼门下，而与苏轼齐名。
⑬ 鬻（yù）：穿。

龙。"皆茶名也。

【译】《竹坡诗话》说:"苏东坡有蜜云龙,黄山谷有音云龙。"都是茶的名称。

白乳、头金、蜡面

比①苑②焙茶之精者。

【译】白乳、头金、蜡面这三种茶,在焙茶当中,并列为质量最佳的品种。

茶名

顾渚③紫笋,霍山④黄芽,东川⑤神泉,峡山⑥碧涧,剑南⑦绿昌明,峡州⑧明月房、茱萸寮。

【译】顾渚产的茶叫紫笋,霍山产茶的叫黄芽,东川产的茶叫神泉,峡山产的茶叫碧涧,剑南产的茶叫绿昌明,峡州产的茶有明月房和茱萸寮。

---

① 比:并列。

② 苑(yuàn):荟萃。

③ 顾渚(zhǔ):地名。渚,在浙江长兴西北四十七里有一山,名顾渚山,产茶,唐代陆龟蒙嗜茶,置园于顾渚山下,岁收茶租,自为品题,成《品茶》一书。其地所产紫笋茶,亦名"顾渚",很有名。

④ 霍山:地名。在安徽霍山西北。山中盛产茶,色、香、味为绿茶之最。俗称六安茶。

⑤ 东川:唐肃宗于梓潼置剑南东川节度,宋因之。今四川之东境地。

⑥ 峡山:在广东清远县东。

⑦ 剑南:今四川剑阁以南地区。

⑧ 峡州:在今湖北宜昌西北。因在三峡口,故名。

茶有九难

陆羽《茶经》①言:"茶有九难:阴采、夜焙非造也;嚼味、嗅香非别也;膏薪②、庖炭③非火也;飞湍④、壅潦⑤非水也;外熟、内生非炙也;碧粉、缥尘⑥非末也;操艰、搅遽非煮也;夏兴、冬废非饮也;腻⑦鼎⑧、腥⑨瓯⑩非器也。"

【译】陆羽在《茶经》一书中说,关于茶有九点必须特别注意:造茶,不能在阴天采摘和在夜间烘烤;辨别茶的品质,不是用咀嚼味道和用鼻闻香臭;烘烤茶叶,不能用一般烧饭用的能燃明火的柴和炭;泡茶用的水,不能用流得太急的水或淤塞不流的地面死水;烤制茶叶的温度要掌握均匀,不要外边烤熟了,里面还是生的;研磨茶叶粗细要适度,不能研得像碧玉般似的粉和轻飘的灰尘那样细;煮茶要翻搅匀称,既不能懒于操作,也不能搅动得过于剧烈;饮茶要四季

---

① 《茶经》:书名。唐陆羽撰。书中论述了茶的性状、品质、产地、采制、烹饮方法及用具等。是我国第一部关于茶的专门著作。

② 膏薪:有油脂的柴。

③ 庖炭:厨房化火用的炭。即是一般燃明火的柴炭。

④ 飞湍:流得特别急的水。湍,急流的水。

⑤ 壅(yōng)潦(lào):淤积在地面的死水。壅,阻塞。潦,雨后地面的水。

⑥ 缥尘:同"飘尘"。一种粉尘颗粒。

⑦ 腻:油腻。

⑧ 鼎:古代炊具,烧茶用的锅或壶。

⑨ 腥:腥臭气。

⑩ 瓯(ōu):盆盂一类的瓦器,装茶用的盆或碗。

坚持，不能夏天饮，冬天就不饮；烧茶水用的锅或壶与盛茶用的盆或碗不要有油腻和腥臭味。

煎茶①

张又新②《煎茶水记》："粉枪未旗，苏兰薪桂③。"陆羽《茶经》："育华救沸④。"皆奇俊语。

【译】张又新在《煎茶水记》一书中说："熬茶要掌握好火候。要把茶熬到刚刚粉嘴开芽，如初开的兰花，成熟的桂花那样。"陆羽在《茶经》里说："熬茶要像培植花朵那样细致，要像止沸那样迅速及时和恰到好处。"这些都是精辟出众的话。

油面

蔡襄⑤《茶录》：佳茶多以珍膏油其面⑥。（自注："油"去声。）

【译】蔡襄的《茶录》记有：好茶的表面多数护有一层肥美的油脂。（蔡襄自注："油"字应读去声。）

---

① 煎茶：熬茶。

② 张又新：唐张荐之子，字孔昭，元和中登进士第，著有《煎茶水记》。

③ 粉枪未旗，苏兰薪桂：皆指掌握煎茶的火候。粉枪，初开的茶嫩芽，有尖如枪。未旗，嫩芽还没有完全展开。旗，茶旗。茶芽开展如旗。苏兰，刚刚开放的兰花。薪桂，已经成熟的桂花。皆指将茶熬到刚刚出味的程度。

④ 育华救沸：细致如育花，利索如止沸。亦指掌握熬茶的火候。育，培植。华，通"花"。

⑤ 蔡襄：北宋书法家，字君谟，兴化仙游（今属福建）人。官至端明殿学士，著有《茶录》一书。

⑥ 油其面：涂抹于茶的表面。油，此处作动词解。其，指茶。

茶榜①

雀舌②初调③,玉碗④分来⑤诗思⑥健⑦;

龙团⑧搥碎⑨,金渠碾处⑩睡魔降。

【译】雀舌茶刚刚煎熬出味,用美玉般的茶碗分得一碗,饮后,作诗的思路就更加敏捷;龙团茶一捣碎,在煎制茶叶的地方,闻到那股香气,连瞌睡都会消除。

茶寮

僧寺⑪茗所⑫曰茶寮。寮,小窗⑬也。

【译】和尚寺庙中熬茶的地方,叫作茶寮。寮,就是小屋子。

---

① 茶榜:寓意茶的对联。

② 雀舌:茶名。

③ 初调:刚刚开放。茶芽初露二叶,形如雀鸟之舌,故称"雀舌"。

④ 玉碗:如美玉雕琢的碗。

⑤ 分来:分配得来。

⑥ 诗思:诗兴。

⑦ 健:旺盛。

⑧ 龙团:贡茶名。宋仁宗时蔡襄知建州增制"小龙团茶",皆岁贡皇帝饮用。茶制成圆饼形,十饼为一斤。

⑨ 搥碎:捶碎,捣碎。

⑩ 金渠碾处:煎制研磨茶的地方。

⑪ 僧寺:和尚居住的庙宇。

⑫ 茗所:煎熬茶的地方。茗,茶的通称。

⑬ 小窗:小屋。

取水

时雨降，多置器广庭中，所得水甘滑不可名泼茶煮药[1]皆美。又，二分[2]二至[3]，至日取水储之，后七日辄[4]生物如云母状。

【译】下雨的时候，多放些缸、盆在庭院里，接下的水甜润得无法形容，用来煎茶、熬药都很好。另外，在春分、秋分、夏至、冬至时节，到时候取水储备起来，过七天水里即会生长出一种物质，其形如云母一般。

---

[1] 不可名泼茶煮药：泼字后原书注"疑误"二字。泼，似应为"状"字。原书"茶"字前似乎缺一"煎"字。

[2] 二分：春分、秋分。

[3] 二至：夏至、冬至。

[4] 辄（zhé）：即。

酒类

酺字解

会聚饮食曰酺。酺之言，哺①也。以食曰餔；以饮曰酺。《诗》曰："以开百室②。"郑氏笺③曰："百室出必共洫④而耕；入必共族而居也；又有祭酺合醵⑤之欢。"《周礼·族师》祭酺注："酺者，为人物灾害之神——田有蝗螟⑥，厩⑦有马瘟，皆祭之；祭毕而合饮，遂名为'酺'也。"校人⑧冬祭马步。杜子春⑨云："步，即酺也。则其音当为'步'也。"《春秋纬》⑩云："酒者乳也。王者法酒旗⑪以布政，施天乳以哺人。"后世酺祭废而群饮有禁。

---

① 哺（bǔ）：鸟以食物饲幼鸟。这里可解为给予饮食。

② 以开百室：见于《诗经·周颂·良耜（sì）》。是说一族人同时开户共同在一块地里收割庄稼，以表示其亲热和喜悦。室，即家。百室，即为一族。

③ 郑氏笺：郑玄注。郑氏，指郑公，东汉经学家。

④ 洫（xù）：古井田制，成与成之间的水道。《考工记·匠人》："方十里为成，成间广八尺、深八尺，谓之洫。"后泛称田间的水道为"洫"。

⑤ 醵（jù）："醵"的异体字。大家凑钱饮酒叫醵。

⑥ 蝗螟：蝗，蝗虫。螟，螟虫。皆为水稻等粮食作物的害虫。

⑦ 厩（jiù）：马房。

⑧ 校人：官名。《周礼》记载：为夏官司马的属官。

⑨ 杜子春：东汉经学家，河南缑（gōu）氏（今河南偃师南）人，曾注《周礼》。《周礼·族师》有"秋祭酺"。郑玄注："酺，为人物灾害之神也，故书酺或为'步'杜子春云当为酺。"

⑩ 《春秋纬》：考证《春秋》中名和物的书。

⑪ 酒旗：星名，即狮子星座。

汉世有赐酺之典。邱文庄①谓："禁民饮尚不可，况导之使饮乎？"此言殊未当。终岁勤动，岂无一日之欢乎？牛饮以亡殷②，虎酣以败楚③者，酒也，三爵而将德，百拜以成礼者④，亦酒也。奚⑤可因末流之乱而废本始之治，因庸医而废药，因庸将而废兵！可乎？我太祖⑥制不立酒禁，不赐酺恩，但教民毋多种秫⑦，以妨民食斯⑧，则张弛之道同于文武⑨，而过汉、唐矣！

【译】集众人会餐，叫作酺。酺的说法，就是给予饮食。给吃的叫铺；给喝的叫酺。《诗经》记道："以开百室。"郑玄注解："各家出门都共同在一块儿耕种；收工后

---

① 邱文庄：邱浚。明景泰年间进士。官至礼部尚书，文渊阁大学士。有《邱文庄集》。

② 牛饮以亡殷：是说殷纣王享乐无度，做酒池肉林，叫人像牛饮水那样在池中喝酒，致使殷朝灭亡。

③ 虎酣以败楚：全句是说春秋时期，晋国伐郑，楚共王领兵救郑，与晋兵战于鄢陵，晋败楚，射中共王眼睛，共王召将军子反，子反好酒，大醉，不能领兵援共王，致使楚军败成定局。虎酣，猛烈饮酒后的醉貌。

④ 三爵而将德，百拜以成礼者：《诗经·正月》："将伯助予。"此处引申为祈请。古代在比较隆重的庆典或祭祀活动中，参加庆典和祭祀的人都要向君长和神灵敬酒三杯，以求君长和神灵施降"恩德"。爵，古代酒器。将，请也。

⑤ 奚（xī）：古疑问词。何；怎么。

⑥ 太祖：明太祖朱元璋。

⑦ 秫（shū）：黏高粱，多用以酿酒。

⑧ 斯：这个。这里作酒的代称。

⑨ 张弛之道同于文武：张，紧张，严厉。弛，松弛，宽大。文，周文王。武，周武王。所谓"文武之道，亦张亦弛。"即周文王和周武王治理国家的策略当严则严，当宽则宽，宽严适度。此处说明太祖对酒的政策制定得好，同于文武。

同属一族又都是在一起居住，还有祭神聚饮与合伙凑钱饮酒的欢乐。"《周礼·族师》关于"祭酺"的注解："所谓酺，就是对于给人和物降灾——如田里有了蝗虫、螟虫，马房有了马瘟的神，都要祭祀。祭祀完毕，大家聚集在一起喝酒，于是取名叫'酺'。"管马的小官冬季要祭马步。东汉经学家杜子春说："步，当为酺。"之所以把"酺"写成"步"，则是因为它的音念"步"。根据对《春秋》的考证，"酒，就称为乳。古代君王效法天上的酒旗星以施行政教，赏赐天乳以哺育人民"。后来一些朝代，把"酺祭"的仪式给废除了，大家凑钱买酒聚集在一起畅饮的活动也受到禁止。但汉代却有君王赏晏的典礼。本朝邱浚却说："禁止百姓饮酒还禁不了，何况还要引导大家去喝酒呢？"他的这种说法很不妥当。人们一年到头辛勤劳动，难道就不应该有一天的欢乐吗？纣王无道，享乐无度，设酒池肉林，使人像牛饮水一样在池中喝酒，而使殷朝灭亡；子反好酒，大醉，不能带兵打仗，致使楚军败成定局，这些固然是酒引起的，但《礼记》记载：周天子晏饮宾客，还要亲自以爵赐酒，臣下感激君王的恩德，于是稽首再拜，并以此作为一种礼制，也同样是酒。怎么能够因为下游的水流得乱，而把上游流得很好的河道也废除了；因为医生的医术不高而把药也废除了；因为将官没有本领而把武装也废弃了！像这样做行吗？我们明朝太祖皇帝的制度，既不颁布禁酒的条例，也不鼓励聚饮，只是教育百姓不要多种高粱，用这样的办法防止百姓多喝酒。他的这种办法，宽严得体，比得上周朝的文王和武王，超过了汉代和唐代。

化益① 玄醴②

延笃与李文德③书曰："吾食赤乌④之麸麦；饮化益之玄醴；折⑤张骞⑥大宛⑦之蒜；歃⑧晋国郇瑕⑨之盐。"

【译】延笃与李文德写道："我吃赤乌出产的麦面；喝伯益井水做的祭酒；用张骞从大宛带回的蒜作调料；吸食晋国郇瑕出产的盐。"

---

① 化益：原作者按"即伯益"。伯益，古大禹治水时的助手。《淮南子》说："伯益作井。"

② 玄醴：玄酒。《周礼·礼运》有"玄酒在室"。孔颖达疏："玄酒谓水也。"又说："以水代酒。"这里指用伯益井内的水所做的酒。

③ 延笃、李文德：皆人名。延笃，后汉文人，字叔坚，通经传及百家之言。李文德，不详。

④ 赤乌：赤乌镇，古地名，在今甘肃武威。

⑤ 折：取用。

⑥ 张骞：西汉成固（今陕西城固）人，奉汉武帝命出使西域，曾经大宛等国。

⑦ 大宛（yuān）：古代中亚国名，是中国汉代时，泛指在中亚费尔干纳盆地居住大宛附近各个国家和居民，大宛国大概在今费尔干纳盆地。费尔干纳盆地位于乌兹别克斯坦、塔吉克斯坦和吉尔吉斯斯坦三国的交界地区。

⑧ 歃（shà）：用嘴吸取。

⑨ 郇瑕：地名，在今山西临猗，春秋时为晋国地，产盐。

酒

酒,乳也。所以养老寿也。天有酒旗①,星垣在柳②。

【译】酒,就是乳。是用来养老增寿的。天上都有酒旗星,就是靠近柳星的那颗星。

乳酒

《孝经纬》③曰:"酒者,乳也。"梁张率④《对酒诗》:"如花良可贵,似乳更堪珍。"杜子美⑤诗:"山城乳酒下青云。"本此。

【译】《孝经》的考证说:"酒,就是乳。"梁代张率作的《对酒诗》说:"形状像花那样美丽,固然很可宝贵;味道像乳那样甜蜜,更值得珍惜。"杜甫的诗句:"山城乳酒下青云。"就是本着这些写出来的。

十年不败

唐太宗赐魏征⑥《酒诗》:"醽醁⑦胜兰生,兰生过玉

---

① 酒旗:星名。

② 柳:星名。

③ 《孝经纬》:考证《孝经》人和事物的书。

④ 张率:人名。梁张环之子,字士简,能文,尝奏待诏赋,官至新安太守。

⑤ 杜子美:唐诗人杜甫的字。

⑥ 魏征:唐初大臣,政治家。

⑦ 醽(líng)醁(lù):美酒名。亦作"绿醽(líng)",相传古湘州有醽湖,其水色绿,取可酿酒,名醽酒。

薤①。千日醉不醒，十年味不败。"

【译】唐太宗赠送给魏征赞美酒的诗说道："醽醁酒的香气赛过初开的兰花，初开的兰花又超过洁白可口的薤头。谁若是喝了醽醁酒，可以千日醉个不醒；如果把它保藏起来，放上十年其味不败。"

碧琳腴②

碧琳腴，酒名。见曾吉甫③诗。可对江瑶柱④。"江瑶柱"，蛎黄⑤也。

【译】"碧琳腴"是一种酒名。在南宋诗人曾几的诗里见过。并用"江瑶柱"对偶。"江瑶柱"就是蛎黄。

天门酒

《外台秘要》⑥："天门冬⑦酿酒，初熟微酸，久停则

---

① 薤（xiè）：俗称藠（jiào）头。既可作菜，又可入药。主产于广西、湖南、贵州、四川等地。

② 碧琳腴：碧琳，皆青色美玉。腴，肥美也。按《酒名记》：郓王有酒名"琼腴"。琼，即美玉。

③ 曾吉甫：曾几。字吉甫，南宋诗人，号茶山居士，赣州（今江西赣州）人。因主张抗金，被秦桧排斥。陆游曾从他学诗。

④ 江瑶柱：本意是江上美玉般的石柱。在此处是对蛎黄的美称。瑶，美玉。

⑤ 蛎黄：牡蛎肉。

⑥ 《外台秘要》：中医书名。唐王焘编著。辑录唐代以前医家对各种疾病的理论和方药。

⑦ 天门冬：亦称"天冬草"，百合科，肉质块根，含淀粉，可酿酒，也可入药。简称"天冬"。我国华东、华南、西南等地都有野生。

香，诸酒不及。"蔡侍郎衡仲①尝试酿之，果成美酝②。

【译】《外台秘要》记载："天门冬酿酒，初酿出味稍微有点酸，存放时间长，味道就香了，很多种酒都不及它。"侍郎蔡衡仲曾经试验过，果然酿成了美酒。

芦酒

杜诗："黄羊③饭④不膻⑤，芦酒多还醉。""芦酒"，以芦为筒吸饮之，今之呷⑥酒也。又名"钓藤酒"，酒以火成，不醡不篘⑦，两缶⑧西东，以藤吸取。（《溪蛮丛笑》）

【译】杜甫的诗句说："黄羊饭不膻，芦酒多还醉。""芦酒"，就是把芦苇管插入酒缸里，人们口衔芦管直接在缸内吮酒。又有名叫"钓藤酒"的，即是把酒煮成后，不用榨，也不用过滤，只用两个酒缸一西一东地放着，用内空的藤管吸取就行了。

---

① 蔡侍郎衡仲：蔡衡仲，人名。 侍郎，为蔡衡仲的官职。相当于尚书的副职。
② 酝：酒。
③ 黄羊：亦称"蒙古羚"，肉可食，多产于我国内蒙古、甘肃、新疆、河北、吉林等地。
④ 饭：另本作"饮"。
⑤ 膻（shān）："膻"的异体字。羊肉的臊气。
⑥ 呷（zā）：吸吮。
⑦ 不醡（zhà）不篘（chōu）：不用榨和过滤。醡，同"榨"。
⑧ 缶（fǒu）：盛酒的坛子。

八桂

八桂酒①，有"瑞露石湖②"，酿于成都，用其法，名"万里春"。今其法尚存。

【译】八桂酒当中，有一种叫"瑞露石湖"。在成都用同样的方法酿出来的酒名叫"万里春"。现在酿制这种酒的方法还流传着。

绿纹螺、红粱酝

炀帝③在扬州④游鸡台⑤，恍惚与陈后主⑥遇。以绿纹螺酌红粱酝⑦共饮，张丽华⑧舞《玉树后庭花》⑨一曲，此白日见鬼也。

【译】隋炀帝杨广在扬州江都宫苑游览鸡台时，恍惚

---

① 八桂酒：桂花盛开于八月，用其汁酿酒，故名"八桂酒"。

② 瑞露石湖：瑞露，指清澈洁净的蒸溜水。石湖，地名。在江苏吴县和吴江县之间，南宋范成大故乡，宋孝宗曾给其所筑台榭题"石湖"二字，故范成大号石湖居士。成大曾任四川制置使，将酿制八桂酒的方法带入成都，取名"万里春"，亦名"瑞露石湖"。

③ 炀帝：杨广，隋代皇帝。

④ 扬州：古江都郡。隋大业初改名扬州（今江苏扬州），炀帝在此筑江都宫苑，定为行都。其后，炀帝为禁军将领宇文化及缢杀于此。

⑤ 鸡台：战国时期齐国临淄（今山东淄博）民间即有斗鸡走犬的游戏，传至隋代，上层统治者亦有此好。

⑥ 陈后主：陈叔宝。南朝陈皇帝，字元秀。在位时大建宫室，生活奢侈，日与妃嫔、女臣游晏。祯明三年（公元589年）被隋兵俘虏，后病死于洛阳。

⑦ 绿纹螺酌红粱酝：用绿色纹螺杯斟上红粱美酒。红粱，高粱的一种。酝，美酒。

⑧ 张丽华：南朝陈后主宠妃。隋军破建康（今江苏南京），她从后主匿井中，被杀。

⑨ 《玉树后庭花》：陈后主与妃嫔、文臣游晏制作的艳词之一。

与前朝末代帝王陈后主相遇。陈后主用绿纹螺杯酎红粱美酒同他共饮，并令宠妃张丽华舞陈后主自作的艳词《玉树后庭花》。这真是白日见鬼了。

琬液、琼苏

琬液、琼苏，皆古酒名。见《醉乡日月》①。

【译】琬液、琼苏，都是古代酒名。参看《醉乡日月》。

醑②、醨③

醑，首酒也（今日头酒）；醨，尾酒也。

【译】醑，是头酒；醨，是尾酒。

东风至而酒湛溢④

《淮南子》⑤："东风至而酒湛溢。"李淳风⑥《感应经》⑦："湛"，作"汛"。其解云："按今酒初熟，瓮上

---

① 醉乡日月：书名。

② 醑（xù）：美酒。作者解为头酒。

③ 醨（lí）：薄酒。原书解为尾酒。

④ 湛溢：分外澄清。

⑤ 《淮南子》：书名。亦称《淮南鸿烈》。西汉淮南王刘安及其门客苏非、李尚、伍被等著。书中以道家思想为主，糅合了儒法阴阳五行等家，一般认为是杂家著作。包含不少自然科学史材料。

⑥ 李淳风：李尚，与西汉淮南王同著《淮南子》。

⑦ 《感应经》：为李淳风所著。

澄清时，恒①随日转。在旦②则清者在东；畔午时③在南；日落在西；夜半在子④，恒随日所在也。"又："春夏间在地窖⑤下停春酒者，瓮上汜者皆逐风而移，虽居深密，非风所至而感召⑥动之。"

【译】《淮南子》记载："东风到了，酒就特别澄清。"《淮南子》作者之一李淳风在《感应经》中把"湛"，写作"汜"。他在注解里说，现在的酒初酿成，酒缸面上澄清的时候，其澄清部分始终跟随太阳转动。早上清澈部分在东方；临近中午则在南方；下午随着太阳落下而在西方；夜半则在子星井宿所在的方位。总之，始终随着太阳的方位。又说，春、夏间在地窖里，如果存放的是春酒，缸上的澄清部分都是追逐风向移动的。尽管藏在很深的地窖里，不能受风直接吹动，但仍然随窖外风力的感应而跟随风向移动。

酒字音

酒，一作子与切。《孝经纬》曰："酒者，乳也，嘉

---

① 恒：长久；始终。

② 旦：早晨。

③ 畔午时：接近中午时刻。

④ 子：星官名，二十八宿中的井宿。排列在西南角。

⑤ 窨（yìn）：地窖。

⑥ 感召：感应，招致。召，通"招"。

谷①之乳也。"张超《诮青衣赋》②："东向长跽③，接狎④欢酒，悉请诸灵⑤，辟邪无主。"《参同契》法象歌⑥："若蘖⑦染为黄，似蓝成绿组，皮革煮成胶，曲蘖化为酒。"

【译】酒字，一种念法用"子与"相拼。考证《孝经》人和物的书说："酒，就是乳，是好粮食的乳汁。"后汉张超作的《诮青衣赋》是这样写的："东向长跽，接狎欢酒，悉请诸灵，辟邪无主。"《参同契》法象歌："若蘖染为黄，似蓝成绿组。皮革煮成胶，曲蘖化为酒。"

茗芋

酩酊，醉貌。晋《山简⑧传》及《世说》⑨皆作"茗芋"。盖假借字也。又简文帝⑩曰："刘尹茗汀有实理。""茗汀"，亦"茗芋"也。今本一作"茗柯"，于义

---

① 嘉谷：很好的粮食。

② 张超《诮青衣赋》：张超，西汉留侯张良后裔，字子并，著赋颂碑文十九篇。又善草书，绝妙当时。《诮青衣赋》为张超所作。

③ 跽（jì）：长跪。双膝着地，上身挺直。

④ 狎（xiá）：亲热。

⑤ 灵：神灵。

⑥ 《参同契》法象歌：《参同契》，道教书名，讲炼丹修仙之术。法象歌，为其书内容之一。

⑦ 蘖（niè）：树木的嫩芽。

⑧ 山简：晋河内怀县（今河南武陟西）人，字季伦。西晋永嘉时期官至尚书左仆射，领吏部，又曾任征南将军。《晋书》有其传。

⑨ 《世说》：《世说新语》。古小说集。南朝宋刘义庆撰，本名《世说新书》，简称《世说》。主要记载晋代士大夫的言谈轶事。

⑩ 简文帝：司马昱，东晋皇帝。

不贯①。

【译】酩酊，即是醉酒的样子。晋《山简传》和《世说新语》都把醉貌记为"茗艼"。这是用的通假字。东晋简文帝曾这样写道："刘尹茗忊有实理。"其中的"茗忊"也就是"茗艼"，今天流行的版本有写作"茗柯"的，这就在文义上不通了。

孔明②戒子书

夫③酒之设，合礼致情④，适体归性⑤。礼终而退，此和之至；主意未殚⑥，宾有余倦⑦，可以至醉，无致于乱。

【译】酒的设置，既合于礼制，又通达感情，还能使身体舒适生机恢复。但必须饮用适量，达到了礼貌的表示就停止，这是最好不过的了；如果主人的情义还没表达完，客人的疲劳还未消除，也允许喝醉，但不能醉得丧失理智，乱了体统。

---

① 贯：关联；通顺。

② 孔明：诸葛亮。

③ 夫：语助词。

④ 合礼致情：合于礼制，通达性情。

⑤ 适体归性：使身体舒适，生机恢复。适，使舒适。归，恢复。性，生机。

⑥ 殚（dān）：竭尽；完。

⑦ 倦：疲劳。

曲①

曲，酒母也。《释名》②："曲，朽也，郁郁使衣生③"。朽，败④也，丘上声，今燕、赵之音正叶⑤。

【译】曲，就是酿酒的母子。《释名》一书解释"曲"为"朽"，是使曲衣茂盛地生长。朽，即是腐熟，念"丘"字的上声。这是按照现在燕、赵地区语音订正过的叶韵。

戒酒

殷王牛饮而丧朝，楚臣虎酣而败德，成都有累月之醉⑥，中山困千日之眠⑦。

【译】殷纣王享乐无度，设酒池肉林，像牛狂饮，招致商朝覆灭；楚臣子反作战中好酒贪杯，大醉失职，而使战争

---

① 曲：含发酵的活微生物，是酿酒的必备材料。

② 《释名》：训诂书，东汉刘熙撰。专用音训，以音同、音近的字解释字义，并以此推究事物命名的由来。

③ 郁郁使衣生：使曲衣茂盛地生长。郁郁，繁盛貌。衣，曲衣。

④ 败：这里作腐熟解释。

⑤ 今燕、赵之音正叶：以今燕、赵地区语言订正过的叶韵。燕、赵，皆古国名。燕，今河北省境内。赵，今山西太原东南，后迁邯郸，辖今山西中部，陕西东北角，河南西南部。正，改正。叶，韵。南北朝有学者按当时语音读《诗经》，感到好多诗句韵不和谐，便以为作品中某些字需改读某音，称为"叶韵"。

⑥ 成都有累月之醉：语出晋左思《蜀都赋》："乐饮今夕，一醉累月。"描写当时成都的豪强大户，穷奢极欲，往往以今晚痛饮一顿，拼数月沉醉不醒的醉生梦死的生活。

⑦ 中山困千日之眠：晋王嘉《拾遗记》载：中山有卖酒人名刘玄，酿有"千日酒"，饮后醉千日。有人喝了这种酒，醉死，家人把他埋了，三年后卖酒人不见此人买酒，问其家人，方知醉死被埋。说："酒醉千日未死。"遂叫家人掘起，果然还在打酒嗝。围观者吸其气，也都醉了三个月。

失败，引来杀身之祸；西汉时成都的富户豪强，奢侈挥霍，往往一夜痛饮，拼数月沉醉不醒；中山酒徒，喝了千日酒，被当作死人埋葬了三年。

酢①浆②

《说文》③："浆，酢也。"《周礼》："四饮之物④，三曰浆。"石氏⑤《星经》⑥："酒醪，五齐之属⑦；天文酒旗⑧星主之浆；水，六清之属⑨，天文天乳星主之内⑩。则所谓酒、浆当有别也。"

酢，古音醋。言其有酸味也。《本草⑪·玉石下·品部》："浆水，味甘酸，微温，无毒，主调中引气，宣和

---

① 酢：这里指有酸味的饮料。

② 浆：泛指饮料，这里指淡酒。

③ 《说文》：《说文解字》。东汉许慎撰。是我国第一部系统分析字形和考究字源的字书，也是世界最古的字书之一。

④ 四饮之物：见《周礼·天官·酒正》："酒正掌酒之政令……辨四饮之物，一曰清、二曰医、三曰浆、四曰酏。"即管酒的官员要为国君分辨四种饮料。其中第三种便是"浆"。

⑤ 石氏：石申，战国中期天文学家，魏国人。

⑥ 《星经》：又名《甘石星经》，相传为甘德、石申撰著。

⑦ 酒醪，五齐之属：见《周礼·天官·酒正》："酒正……辨五齐之名：一曰泛齐……。"泛，即酒酿成后，其滓浮泛泛，未能澄清，古称之为醪酒。相当于今之醪糟。

⑧ 酒旗：古星名。即狮子星座，在南方，五行中属火。

⑨ 水，六清之属：《周礼·天官·浆人》："浆人掌共（供）王之六饮。水、浆、醴、酏、医、酏，入于酒府。"水，就是这六种饮料中的一种。

⑩ 内：内阶，星官名，即大熊星座，在北方，五行中北方属水。

⑪ 本草：唐官修药典。

强力,通关开胃,调理腑脏。粟米新熟,白花者佳,煎令醋,止呕哕①,白人肤体如缯帛②。为其常用,故人不齿其功③。"

按《楚辞④·招魂⑤》:"胹鳖炮羔⑥,有柘浆⑦些。"《汉书》⑧:"泰尊⑨柘浆。"唐晏进士有三勒⑩浆⑪:谓诃梨⑫勒、庵摩⑬勒、乌榄⑭勒也。则浆不止用粟米尔。

【译】《说文解字》记载:"浆,就是酢。"《周礼·天官·酒正》:"四饮之物",第三是"浆"。石申著的《星经》记为"酒醑",属于《周礼》所记的"五齐"之物,在《天文志》里属南方的酒旗星,即狮子星座。水,在《周礼·天官·浆人》中列为"六清"之物。在《天文志》

---

① 哕(yuě):呃逆;呕吐。

② 缯(zēng)帛:古代丝织品的总称。

③ 不齿其功:不收录它的功效。齿,列,收录。

④ 楚辞:总集名,西汉刘向辑。全书以屈原作品为主,兼收宋玉等人作品。

⑤ 招魂:篇名,为屈原作。

⑥ 胹(ér)鳖炮羔:烹煮团鱼,炮烤小羊。"胹",即煮。鳖,团鱼。炮羔,裹泥烧烤的小羊。炮,烤。

⑦ 柘浆:甘蔗汁。柘,通"蔗"。

⑧ 《汉书》:二十四史之一,东汉史学家班固撰,记述我国西汉时期史实。

⑨ 泰尊:古瓦质酒器。

⑩ 勒:治。

⑪ 浆:酒。

⑫ 诃梨:藏青果。

⑬ 庵(ān)摩:一种野果。

⑭ 乌榄:柿子的一种。

里称天乳，属北方的内阶星主，即大熊星座。这样说来，"酒"和"浆"应当是有区别的。

酢，古音醋，是因为它有酸味。《本草·玉石下·品部》："浆水，味甜酸，性微温，无毒，主要功效能调中引气，宣和强力，通关开胃，调理腑脏。"酿制，要用新成熟的粟米，以开白花的最好。煎熬时放点醋，可以止呕吐。擦抹在身上，可以使皮肤白嫩如绸。因为它为人们所常用，它的功效反而往往不被人们所提及。

《楚辞·招魂》记载："胹鳖炮羔，有柘浆些。"《汉书》记载："泰尊柘浆。"唐代晏饮进士时有三种实物酿制的酒，即诃梨酒、庵摩酒、乌榄酒。春来酿制淡酒，也不仅限于使用粟米。

采醴① 雀饧②

蒋山③栢林，常多醴。陈后主以为甘露④、雀饧。后人亦认为甘露。

【译】蒋山的栢树林，常有许多甜泉。南朝陈后主以为是甜美的露水和燕麦糖。后人也认为是甜美的露水。

---

① 醴：甘美的泉水叫醴。
② 雀饧：用燕麦熬成的糖。雀，雀麦。今称燕麦。饧，糖稀。
③ 蒋山：江苏南京东北的钟山。三国吴主孙权避祖父讳钟，以东汉末秣陵尉蒋子文葬于此，而改名为蒋山。
④ 甘露：甜美的露水。古人迷信，以为天下太平，则天降甘露。

浮注

《礼①·投壶②》："若是者浮③。"注：浮，罚爵也。浮，或作匏④。古者罚爵或以匏。匏浮于水，故罚饮曰浮也。《说苑》⑤："浮以太白⑥。"

【译】《礼记·投壶》记载："若是者浮。"其注："浮"字，即罚酒的意思。浮，有时也写作"匏"字。古代罚酒有用匏的。匏能浮在水面上，故把罚酒称为"浮"。《说苑》里记载："浮以太（大）白。"

---

① 《礼》：《礼记》。

② 《投壶》：为《礼记》的一章。记述我国古代宴会的一种礼制和游戏。

③ 若是者浮：是《投壶》章的最末一句。方法是以盛酒壶的壶口作目标，用矢投入，以投中多少决胜负，负者须饮酒。浮，就是罚饮酒。

④ 匏（páo）：葫芦。古时用以盛酒。

⑤ 《说苑》：书名。西汉刘向撰。原二十卷，后仅存五卷，经北宋曾巩搜辑，复为二十卷。分类纂辑先秦至汉代史事，并杂以议论。

⑥ 浮以太白：此语载《说苑·善说》："魏文侯与大夫饮酒，使公乘仁为觞政曰：'饮不釂（jiào）者，浮以犬白。'"太白，古时饮酒用的大杯。古"太""犬"通用。

粮食品类

饔①飧②

《周礼》注："小礼曰飧,大礼曰饔。"又曰："飧,客至之礼;饔,将币③之礼。"今之通④训⑤曰："朝饔、夕飧。"飧,如今驿舍下马饭;饔,如今下马宴。客至必夕,夕食未盛⑥,故曰夕飧。享宴必以早为敬,而享宴必盛,故曰朝饔。然"飧"字从夕食,今作"飧",讹矣。

【译】《周礼》的注解说,表示小的礼节叫飧,表示较隆重的礼节叫饔。又说:飧,是客初来时,主人招待便饭;饔,则是客人赠送了礼品,主人答谢待宴。今天一般的解释则说:早饭叫饔,晚饭叫飧。飧,就好像驿站吃的简单的下马饭;饔,则好像如今的下马宴一样。因为客人到来必定是在下午或傍晚,晚饭不丰盛,所以叫作"夕飧"。招待客人饮酒,只有在早上才算恭敬,因而早上的饮食必定丰盛,所以叫作"朝饔"。本来"飧"字从"夕"从"食",今天写作"飧",是写错了。

---

① 饔(yōng):早餐,亦是较丰盛的饮食。

② 飧(sūn):晚餐,比较简单的熟食。

③ 将币:作赠送礼物的仪式。币,古通"帛",通常作为互相赠送的礼物。

④ 通:一般。

⑤ 训:解释。

⑥ 盛:丰富。

粝糳毇精①

《左传》："粢食不凿②","凿"字当作"糳",精细米也。《诗·召旻》："彼疏斯粺③。"郑玄曰："疏粗粝米。米之率：粝十，粺九，糳八，侍④御⑤七。"又《九章算法》⑥云："粟五十为粝三十，粺二十七，糳二十四，御二十一。"皆三之一也。或曰："粟一石为粝米六斗；舂一斗为粺九升。"又云："为糳则八升。米之细者，乃穷于御，通于糳。"杨桓《六书》："纯曰糳米，五升舂为四升曰毇。为五减而四也。"古篆作"㗊"，象四"⊙"以见意。小篆作"䀡"。毇米减而曰晶，古篆作"品"，象三"⊙"以见意。粝而糳，糳而毇，毇而晶，细之极也。魏校《六书》："精蕴"曰"精粹"字皆从米。精者，何也？米之脱粟也。色微黄、赤，人皆知其粗也。糠去而白，毇

---

① 粝（lì）糳（zuò）毇（huǐ）精：见《左传》。粝，粗米。糳，古将粗米十斗（一斛）舂为八斗者。毇，同"䐗"，将一斛粗米舂为九斗叫"毇"。精，舂过的上白米。

② 粢（zī）食不凿（záo）：做饼子的粮食用不着精舂。粢，谷的总称，又指糙饭团。食，饼子。凿，"凿"的繁体字，通"糳"。

③ 彼疏斯粺：按其德才本应吃粗糙米的，这里反而享受到精细米的奉禄。彼，他，某人。疏，粗米。斯，此；这里。粺，较精细的米。

④ 侍：进献。

⑤ 御：对帝王所用物的敬称。这里指向帝王进献的米。

⑥ 《九章算法》：《九章算术》。我国古代算经十书中最重要的一种。系统总结了我国先秦到东汉初年的数学成就。全书分九章。其中第二章为"粟米"，记述当时粮食交易的计算方法。

矣。未①也繫矣；未也舂而近心矣。色徽②若青，此生意所亟也。粹者何也？始而砻③米殼也；中而舂，米去膜也；卒而㞟④，米去翳⑤也。乃后莹然玉粒⑥，万粒与一粒同，虽欲去之，不可得而去矣。学问之极，功犹是。《易》曰："纯粹，精也"，其是之谓夫！

慎按《说文》："一斛粟，舂，为九斗。"张晏曰："七斗。"《九章算术》曰："六斗。"古者，斛受十斗，一石粟无九斗之理。当以《九章算术》为是。

又按《纬书》⑦引孔子之言曰七变：入臼，米出甲，谓礳之为粝米也；舂之则粺米也；啡⑧之则繫米也；䆃⑨之则毇米也；又䅺⑩择⑪之、餳瑳⑫之则为晶米，即《九章》所谓"侍御"。米之细者穷于御，言其可御于君也。

---

① 未：将来。这里引申作"进一步"解。

② 徽：此处作"美好"解。

③ 砻（lóng）：同"礲（lóng）"，磨。

④ 㞟（zhǎn）：用工多的意思。

⑤ 翳（yì）：遮蔽，这里指粗米的皮。

⑥ 莹然玉粒：把米磨得像玉石那样颗颗发光。莹，光亮。

⑦ 《纬书》：汉代以神学迷信附会儒家经义的书，通称《纬书》。

⑧ 啡（fēi）：舂也。

⑨ 䆃：古"舀"字之误，古齐（今山东）人称舂为"䆃"。

⑩ 䅺（dào）：择米。

⑪ 择：选择。

⑫ 餳（dàng）瑳（cuō）：都是舂的意思。

以字言之，则"臬"字从"臼"、从"米"，即古文"毇"字。后人加"殳"，複且赘①矣。丵入臼，即古文"䆃"字。丵，士角切，音与"龊"同，插简于地也。舂粟以杵，亦象插简于地之形。故《说文》云："䆃"字，从毇省，则毇加"米"已赘，又加"殳"于傍，益赘矣。皇象②章草③止用䇃，而汉碑隶，字变作"䉼"，可证之。古字之始，因附著之。

【译】《左传》记有"粢食不凿"。"凿"字应当作"毇"，即精细米。《诗经·召旻》记载："彼疏斯粺。"郑玄注解说："疏，就是粗糙的米。米的比率：以'粝'，即糙米为十；'粺'，即舂过较精细的米为九；'毇'，即更精细的米为八；'侍御'，即进献帝王的最精细的米为七。"此外，《九章算法》说："谷子是五十的话，磨成粗糙的所谓的粝米就有三十，舂成较细的粺米有二十七，再舂成精细的毇米有二十四，最后加工成极为精细的御米，则仅有二十一。"皆是以三乘以上述米的比率。还可以这样说：谷子一石，产粝米六斗；用粝米一斗，舂成粺米则为九升；如果舂成毇米则为八升。最精细的米莫过于向帝王进献的御米。普通细米就是产八成的毇米。杨桓撰著的《六书》里说：纯熟的米叫"毇"。以五升糙米舂为四升叫"毇"，即

① 赘：病名。横生一肉。引申为多余。
② 皇象：三国吴书法家。字休明，广陵江都（今属江苏）人。最工章草。
③ 章草：隶书的草写。

是由五加工精减为四。古代篆写成"㵘"，像四个"⊙"，用这种写法，以会其意。后来小篆写成"䍆"。加工毇米则精减为"晶"，古代篆写作"㗊"，表示三个"⊙"的意思。接《六书》的说法：粝米经过加工变为糳米，糳米加工为毇米，毇米加工为晶米。晶米就细到极点了。魏注的《六书》说："精蕴"，就叫"精粹"。皆从米旁。什么叫"精"？就是米从谷子脱壳出来，颜色略现黄红，人们一见就会知道它是粗米；等把米表面的一层糠皮舂去，而使颜色变白时，就成"毇"米了。进一步舂成为糳米，再进一步舂则接近米心，颜色好如青玉，这就是被包含着的生机。什么叫"粹"？首先磨去谷壳，第二步舂去糠皮，再进一步除去米心外面的一层遮蔽物，然后使其颗粒匀称地成为玉石般晶莹光亮的米粒。哪怕你想别除一颗不合格的都挑选不出来。学问要达到精通，也必须像这样下苦功夫。《易经》说的"纯粹，精也"也许就是说的这个道理吧！

杨慎按《说文解字》：一斛粟舂为"九斗"。张晏说"七斗"；《九章算术》说是"六斗"。古代每斛装十斗，一石粟没有九斗的道理。应当说《九章算术》是对的。

又按《纬书》引孔丘的话叫作"七变"。即米从壳里磨出来是粝米；舂后成为粺米；又舂成糳米；再舂后成毇米；然后经过筛选、精舂则成为晶米，即是《九章算术》所说的细得不能再细，用以进献帝王的御米。

从字的结构来说，"臬"字从"臼"、从"米"，即古文的"穀"字。后人加上"殳"，反而累赘了。丵（chuō）入臼，即是古文的"舂"字。丵音与龊同，是插竹篇于地的意思。舂米是用木杵，也好像插竹篇于地下的样子。故《说文解字》说："舂"字写成"穀"简单一些，如果写成"舂"字加"米"已觉得多余，又加"殳"字在旁，那就更是多余了。三国时皇象书写的"章草"只用"䂣"，汉代碑上的隶书写成"䂣"，可以证明。这些都是古字开始的写法，在这里附带介绍一下。

饭曰一顿

俗语：饭曰一顿。其语亦古有之。《贾充①传》云："不顿驾而自留矣②。"《隋炀帝纪》云："每之一所，辄数道置顿③。"元微之《连昌宫词》④："驱令供顿不敢

---

① 贾充：西晋大臣。字公闾，平阳襄陵（今山西襄汾东北）人。《晋书》曾为其列传。
② 不顿驾而自留矣：语出《晋书·贾充传》。贾充善于观察皇上意旨，加之其女嫁齐王为妃，深得帝宠。侍中任恺等惧（jù）其权势益盛，向帝进言命贾充领兵平定当时叛乱的羌氏，帝允准，而充不愿往，又不敢辞。将心事告诉好友荀勖（xù），勖劝他将另一女儿嫁给太子。如果这样，则"不顿驾而自留矣"。意即不用劳顿大驾，自然而然地就会把你留下了。事后果如其言，帝诏贾充留京任原职。
③ 每之一所，辄数道置顿：意思是炀帝每到一个地方，即有许多方面为他筹办饮食。之，去到。所，处所。辄，通则。数道，这里可作几方面、许多部门解。道，道路。顿，饭食。按《隋书·炀帝纪》记载："（炀帝）每之一所，辄数道置顿，四海珍羞殊味，水陆必备焉，求市者无远不至。"
④ 《连昌宫词》：诗篇名。作者唐元稹，字微之。诗中假托连昌宫旁的一个老人，向作者叙述昔日玄宗在连昌宫暂驻时的盛况和安史之乱后连昌宫的萧索荒凉景况。是古代长篇叙事诗的名篇。

藏。"文字解诂①：续食曰"顿"。

【译】俗话说：吃饭叫一顿。这个"顿"字古代就有了。《晋书·贾充传》里写道："不顿驾而自留矣。"意即不劳大驾，自会把你留下。《隋书·炀帝纪》说："每之一所，辄数道置顿。"意思是炀帝每到一个地方，即到处张罗为他安排饮食。唐代诗人元稹写的长诗《连昌宫词》里有"驱令供顿不敢藏"的句子。用现代的语言解释古代的文字，连续吃饭叫"顿"。

竹根黄

贾达②曰："梁米③出于蜀、汉，香美逾于诸梁，号曰'竹根黄'，梁州④之名因此。"

【译】贾达说："梁米出产在四川、汉中等地，它的香味超过其他地方出产的各种梁米，名叫'竹根黄'。正因为这些地区盛产梁米，质量又好，所以古代把这些地区定名梁州。"

青精饭

杜诗："岂无青精饭，使我颜色好。"青精，一名"南天烛"，又曰"墨饭草"，以其可染黑饭也。道家谓之"青精饭"。故《仙经》⑤云："服草木之正气，与神通；食青

---

① 文字解诂：用当代语言解释古代文字记述的语言。
② 贾达：元保定人，字显道。泰定间知平阳府（今山西临汾）事。廉干勤敏，民称神明。
③ 梁米：泛指禾稻之米。"梁"，古通"粱"。
④ 梁州：古"九州"之一。《尚书·禹贡》有："华阳黑水惟梁州。"
⑤ 《仙经》：道家的一种经书。

烛之精命，不复陨①。"谓此也。

【译】杜甫在诗里写道："岂无青精饭，使我颜色好。"青精，一名"南天烛"，又叫"墨饭草"。是因为它能把饭染黑。道士们称这种饭叫"青精饭"。所以道家的经典《仙经》记有这样一种说法："服用了草木的正气，能与神通；吃了青烛的精气，不再死亡。"就是说的吃青精饭。

簸簊②

干宝③《周礼》注曰："祭用簸簊。"晋呼为"环饼"，又曰"寒具"。今曰"馓子"。

【译】干宝在《周礼》注释中说："祭用簸簊。"晋代称"簸簊"为"环饼"，又称"寒具"。今天则称为"馓子"。

寒具④

晋桓玄⑤喜陈书画⑥，客有不濯⑦手而执书帙者，偶浣⑧

---

① 陨（yǔn）：通"殒"，死亡。

② 簸（lián）簊（lǒu）：或说即馓子。古代官吏死后用作祭品。

③ 干宝：东晋史学家、文学家，字令升，新蔡（今属河南省）人。

④ 寒具：一解为"馓子"。《本草纲目·谷部四》："寒具，即馓子也，以糯粉和麺，入少盐，牵索扭捻成环钏之形，油煎食之。"一解为御寒的衣物。《宋史·刘恕传》："自终南归，时方冬，无寒具。"

⑤ 桓玄：人名，东晋谯国龙亢（今安徽怀远西）人，桓温之子。曾任江州（今湖北武昌地区）刺史，后掌朝政，自立称帝，国号楚，不久为刘裕所败，被杀。

⑥ 喜陈书画：喜欢陈列书籍字画。

⑦ 濯（zhuó）：洗涤。

⑧ 浣（wò）：为泥土所沾污。

之，后遂不设寒具。《齐民要术》①并《食经》②皆云"环饼，世疑"馓子"也。刘禹锡③《寒具诗》："纤手搓来玉数寻④，碧油煎出嫩黄深。夜来春睡无轻重，压匾佳人缠臂金。"盖以"寒具"为"馓子"也。宋人小说以"寒具"为"寒食之具"。即今闽⑤人所谓"煎铺"。以糯粉和面，油煎，沃以糖，食之不濯手则能污物。其可留月余，宜禁烟用也。林和靖⑥《山中寒食诗》云："芳塘波绿杜蘅⑦青，布谷提壶⑧已足听；有客初尝⑨寒具罢，据梧慵⑩复散幽径。"则"寒具"又非"馓子"。并存之，以俟⑪博古者。

【译】东晋桓玄喜好陈列书画，客人中有不洗手就取他的书籍和字帖来看的，不小心把书帖弄脏了。从此，他招待客人就不再设寒具了。所谓寒具，《齐民要术》和《食经》这两部书都说是环饼，当代人则猜测是馓子。如唐朝诗人刘

---

① 《齐民要术》：书名。为北魏贾思勰撰，是我国至今保存完整的最早的一部古农书。
② 《食经》：书名。古代记述饮食烹饪的书，作者不详。
③ 刘禹锡：唐文学家、哲学家。字梦得，河南洛阳人。
④ 寻：古量词。七尺或八尺为一寻。
⑤ 闽：古国名。今福建省地。
⑥ 林和靖：林逋。北宋诗人。字君复，钱塘（今浙江杭州）人。隐居西湖孤山，终身不仕不娶，死后谥和靖先生。
⑦ 杜蘅：亦作"杜衡"。香草。亦称"南细辛"，江淮人称为"马蹄香"。
⑧ 提壶：漏壶。古代无钟，用壶盛水，以滴漏计时。
⑨ 尝：探味。品尝滋味。
⑩ 慵（yōng）：懒。
⑪ 俟（sì）：等待。

禹锡《寒具诗》："纤手搓来玉数寻,碧油煎出嫩黄深。夜来春睡无轻重,压匾佳人缠臂金。"从这首诗的意思来看,寒具应是馓子。宋人小说解释寒具为"冷吃的东西"。也就是福建人所说的"煎餔"它是用糯米粉和麦面揉搓成的,经过油煎,再加进糖,吃了不洗手去摸其他东西,就会把物品弄脏。这种食品可以保存一个多月,适宜于禁止烟火时食用。北宋诗人林逋《山中寒食诗》写道:"芳塘波绿杜蘅青,布谷提壶已足听;有客初尝寒具罢,据梧慵复散幽径。"由此看来,"寒具"又不是"馓子"。现在把几种说法都录存在这里,以便等待对古代史事的通晓者来解决。

粔籹①、蜜饵②、餦餭③

《楚辞》:"粔籹蜜饵,有餦餭些"。王逸④注:"餦餭,饧也。以蜜和米面熬煎作粔籹。捣黍作饵,又有美饧。众味甘具也。"朱子⑤注云:"以米面煎熬作之,寒具也。可山林供⑥。"曰⑦:"《楚辞》此句自是三品:粔籹,乃蜜

---

① 粔(jù)籹(nǚ):古代一种食品,以蜜和米面熬煎而成。
② 蜜饵:用米粉煎出来的饼;因为加有蜜,故称"蜜饵"。
③ 餦(zhāng)餭(huáng):作者认为即是寒具。
④ 王逸:东汉文学家。字叔师,南郡宜城(今属湖北)人。所作《楚辞章句》是《楚辞》最早的完整注本。
⑤ 朱子:朱熹。南宋哲学家。字无晦,徽州婺源(今属江西)人。广注典籍,其中亦有《楚辞》在内。
⑥ 可山林供:可作为祭祀山神的供物。供,祭献。
⑦ 曰:此处是作者自己说。

面之干者，十月间炉饼也；蜜饵，乃蜜面少润者，七夕①蜜食也；餦餭，乃寒食寒具也。"

【译】《楚辞》"招魂"篇里有"粔籹蜜饵，有餦餭"一句。东汉文学家王逸注解说：餦餭，就是饴糖。用蜜和米面熬煎做出的食物叫粔籹。是把米捣细做成饵，又掺入好糖。这些全都是甜味食品。南宋朱熹注解说："是用米面煎熬做成的馓子，可以作为祭祀山神的供品。"我认为："《楚辞》这一句话本身是指的三个品种：粔籹，是用蜜和面煎成的干饼，也就是十月的炉饼；蜜饵，乃是用蜜和面煎成较软和的饼子，就是夏历七月七日晚上祭祀牛郎织女使用的甜食；餦餭，就是寒具。"

粉荔

《玉烛宝典》云："洛阳人家正旦②造丝鸡、蜡燕、粉荔枝。"宋人贺正启③有"瑞④霙⑤饯⑥腊⑦，粉荔迎年"之句。

【译】《玉烛宝典》载："洛阳地区的人家，正月初一喜欢用丝做成鸡，蜡做成燕子，粉做成荔枝。"宋代人贺正

---

① 七夕：夏历七月七日晚。神话传说是牛郎织女天河相会之夕。

② 正旦：旧历正月初一。

③ 贺正启：人名。身世不详。

④ 瑞：祥瑞。

⑤ 霙（yīng）：雪花。

⑥ 饯：蜜饯。

⑦ 腊：过年的一种腌肉制品。

启的文章有"瑞霙饯腊,粉荔迎年"的句子。

琼靡①

《楚辞》:"精琼靡以为粻②。"注:靡,屑也,今之"米糊③羹"。

【译文】屈原在《楚辞·离骚》里写道:"精琼靡以为粻。"注:靡,就是"屑"。即今天的"米糊羹"。

玉④饵⑤

出梁元帝⑥《杂纂》⑦,今之饵块也。

【译】"玉饵"这个食品名称,出自梁元帝著的《杂纂》。即是今天的"饵块"。

牢丸

《艺文类聚⑧·束皙饼赋》有"牢丸"之目,盖食具名也。东坡诗以"牢九具"对"真一酒"。诚工矣。然不知为

---

① 琼靡(mí):玉屑。琼,即玉。靡,糜烂,引申为碎屑。
② 精琼靡以为粻(zhāng):捣碎玉屑当作粮食。屈原《离骚》中有"精琼靡以为粻"句。精,捣碎。粻,粮食。
③ 糊(hú):同"糊"。
④ 玉:精美。
⑤ 饵:米饭做成的一种块状食品(今云南尚多此食物)。
⑥ 梁元帝:萧绎,梁武帝第七子,在位于公元552—554年。生平著作甚多,大都散佚。
⑦ 《杂纂》:为梁元帝著作之一。
⑧ 艺文类聚:类书名。唐高祖命欧阳询等辑,一百卷。根据一千四百多种古籍分门别类摘录汇编而成。

何物。后见《酉阳杂俎》①引《伊尹书》②有"笼上牢丸，汤中牢丸"。"九"字，诗人贪奇趁③韵，而不知其误。虽东坡亦不能免也。"牢丸"，今汤饼也。

【译】《艺文类聚》的《束皙饼赋》有"牢丸"这个条目，就是饮食器具。苏东坡的诗以"牢九具"对"真一酒"。从字面上看对仗确实工整；但不知是指什么东西。后来看到《酉阳杂俎》里引伊尹书里记有"笼上牢丸，汤中牢丸"。"九"字，是诗人苏东坡贪图奇特，追逐音韵而用的，自己还不知道错了。看来尽管像苏东坡这样的大文学家也难免有错。"牢丸"，即是今天说的汤饼。

芧④蕡⑤

《周官》⑥："芧蕡"，《仪礼》⑦注作"逢蕡"。"熬麦曰芧，熬麻曰蕡。"芧，今之麦牙糖；蕡，今之麻糖也。

【译】《周礼·天官·笾人》："芧蕡"，《仪礼》注作"逢蕡"。"芧，即熬麦，蕡，为熬麻子。"今天，"芧"，就是麦芽糖；"蕡"就是麻糖。

---

① 《酉阳杂俎》：笔记。唐段成式撰。所记奇且繁。
② 《伊尹书》：伊尹所作的书。伊尹，商初大臣，名伊，尹是官名。
③ 趁：此处作追逐解。
④ 芧（fēng）：煮过的麦。
⑤ 蕡（fén）：麻子。
⑥ 《周官》：古经文学家称《周礼》名《周官》。"芧蕡"的注解载《周礼·天官·笾人》。可见作者是称《周礼》为《周官》的。
⑦ 仪礼：为十三经之一。

木面

《吴都赋》①："面有桄榔②。"又曰："文欀桢橿③。""橿"，即桄榔也。木树皮中有如白米屑者。干捣，水淋之，可作饼。交阯④、卢亭⑤有之。《岭表录异》⑥云："桄榔木，叶下有须如马尾，土人采之以织巾子，其须尤宜咸水浸渍，即粗涨而韧，以此缚舶⑦，不用钉线。木性如竹，紫黑色有文理，工人以制博奕局⑧。"又，"其木刚作锓⑨锄，利如铁，中石更利；惟中蕉椰致败尔"。按此即今之董棕也。木之有面，不止桄榔，杈木⑩皮中亦有白粉，可作饼。又有莎⑪米面，久服不饥，生岭南⑫。

【译】左思在《吴都赋》里写道："面有桄榔。"又

---

① 吴都赋：西晋左思《三都赋》之一。

② 桄（guāng）榔（làng）：亦称砂糖椰子。棕榈科，常绿高大乔木，树杆外包有纤维鞘。我国广东、广西、云南等地均产。树汁可蒸发成砂糖，髓心可提取淀粉。

③ 文欀（xiāng）桢橿（jiāng）：皆木名。

④ 交阯：亦作"交趾"。古省名。明代永乐五年（公元1407年）置。治所在交州府（今越南河内），辖地为今越南北部、中部地区。

⑤ 卢亭：疑为汉置的卢容县，今在越南境内。

⑥ 《岭表录异》：记述岭南地区的地理著作之一，唐刘恂著，全书三卷，原书久佚，今本乃从《永乐大典》等书中辑出。岭表，即岭南。

⑦ 舶：大船。

⑧ 博奕局：棋子。

⑨ 锓：疑为"锓（jiān）"。

⑩ 杈木：黄华木。

⑪ 莎（suō）：多年生草本植物，块状地下茎，含淀粉。

⑫ 岭南：地区名。即五岭以南。当时指今广东、广西、越南北部地区。

记有："文欀桢檀。"檀，就是桄榔。桄榔树皮中有一种好像白米屑的物质，把它捣细，用水掺合，可以作饼。这种树木古交趾、卢亭地区就有。唐刘恂在《岭表录异》中记述：桄榔木，叶下有须如马尾，当地人采集起来编织帕子。其须用盐水浸渍后，就变得粗涨绵软，最适合用来缚船，可以不用钉子和棉麻。木料的性质像竹子，紫黑色，有纹理，工人用来刻制棋子。另外，其木坚硬，把它做成锥子和锄头，锋利如铁，用来钻石头更加锐利。唯有用来对付绵软而富有纤维的蕉、椰之类就不行了。这种木头，就是现在所称的董棕树。有淀粉的树木不只有桄榔，黄华木皮中也有，亦可作饼。还有莎米粉，可以经常当饭吃，吃了照样不饿。这些植物都生长在岭南。

肉类

脯①腊②膴③胖④

《周礼》：腊人⑤掌干肉，脯、腊、膴、胖之事。脯之为言晡⑥也，晡时而成也；腊之为言"夕"也，经夕而成也。《周易·噬嗑⑦》有"干肉"之文。古注云："朝曝而夕干。"又曰："晞⑧于阳而炀⑨于日曰干"，非如今人之腊肉⑩经腊而成也。《论语》⑪：祭肉，不过三日。又：服食家陈，臭腌藏皆不食。则古人脯腊之制，亦养生之法也。

脯，薄切，今之䐑⑫也。腊之为言，"夕"也，朝曝而夕

---

① 脯（fǔ）：干肉。切成小块的干肉。

② 腊（xī）：古本作"昔"，因专指干肉，故添"肉"旁。指小块残肉，经一夕就能晒干。

③ 膴（hū）：无骨肥肉，又比喻肥美。

④ 胖（pàn）：大块肉，也专指夹脊肉。

⑤ 腊（xī）人：掌管干肉的官员。腊，干肉。

⑥ 晡（bū）：申时；黄昏时。

⑦ 噬（shì）嗑（hé）：食。为《周易》一章，六十四卦之一。噬，作"咬"字解。嗑，通"合"，咀中有物，咬而合之。

⑧ 晞（xī）：晾干。

⑨ 炀（yàng）：晒烤。

⑩ 腊（là）肉：冬天腌制的肉。

⑪ 《论语》：经书之一。

⑫ 䐑（bā）：干肉。

干。膴，无骨肉也，音"呼"。《诗》："周原膴膴①。"谓土膏如无骨肥肉也。又曰："则无膴仕②"。言其脂膏自润也。胖之为言，片也，析肉意也。

古无腊肉，腊，及祭名。

古人，祭以肺为重；食牲③以肩为重。

【译】《周礼》载：腊人，负责掌管干肉，即是掌管割成小块的"脯"、残块的"腊"、无骨而肥美的"膴"和大块的"胖"。"脯"字的音和义是"晡"。是指黄昏时候就能晒干的意思。"腊"字的音和义是"夕"。是指经过一夕就能晒干。《周易·噬嗑》有"干肉"这样的文字。古代注解说：早晨晒上，傍晚就干了。又说，在阳光下晾，又在日光下晒烤干了的叫干肉。不是像今天的人说的"腊肉"，是经过腊月腌制而成的。《论语》卷十"乡党"记有：用作祭品的肉，不能超过三天，超过三天就不吃了。又说：家里储藏的肉，臭了不能吃。看来古人腌制干肉的习俗也是一种保养身体的办法。

"脯"，切得很薄的干肉，即是今天所说的"𦧲"。"腊"的音意是"夕"，即早晨曝晒，晚上就干了。"膴"，是无骨肉，音"呼"。《诗经》上说："周原膴膴。"又说

---

① 周原膴膴：周地平坦而肥美。

② 则无膴仕：语出《诗经·节南山》："琐琐姻亚，则无膴仕。"意即都是些亲戚做官，没有德才厚重的人担负重任。

③ 牲：畜类的总称。

"则无腯仕"。意即虽有肥美的土地,却没有德才厚重的人担负重任。可见"腯"就是脂膏丰厚的意思。"胖",也可以解释为"片",意即把肉切开而成片。

古代没有腊肉,腊,乃是一种祭祀的名称。

古人祭祀以肺为最珍贵,吃牲畜则最喜欢吃长在肩部的肉。

煮羊

《燕山录》①曰:"煮羊以䶄②,煮鳖③以蚊④,肯火。"

【译】《燕山录》里记载:煮羊肉加入竹鼠;煮团鱼,加入夜鹰,这样容易煮烂,省柴火。

---

① 燕山录:燕山,古府名,宋宣和四年(公元1122年)改辽析津府置。治所在析津、宛平(今北京城西南),辖境相当于今北京、河北、天津等省市的部分县。《燕山录》,为记述这些地方见闻的笔记。

② 䶄(liú):竹鼠。

③ 鳖(biē):团鱼,亦称甲鱼。

④ 蚊:指"蚊母鸟",夜鹰。

水产品类

蟹胥

《说文》:"胥,蟹醢[1]也。"言其肉胥解好。《字训》[2]云:"蟹之美在足,故从足。"《周礼》唐人注[3]:青州[4]之蟹胥。《集韵》[5]作"蝑"[6],音四夜切。

淮南糟蟹[7],一器数十蟹,入皂荚[8]半梃[9],则经岁不沙。税瑛[10]云:"蟹以夜[11]糟则不沙。"

车螯[12],或车蛾。

【译】《说文解字》:"胥,就是螃蟹酱。"意指蟹肉都解了。《字训》说:"蟹,最好吃的部位是足,故胥字从足。"《周礼》唐贾公彦疏:"青州之蟹胥。"而《集韵》

---

[1] 蟹醢(hǎi):用螃蟹做的酱。

[2] 《字训》:书名。解诂字义的书。

[3] 唐人注:指唐贾公彦疏解。

[4] 青州:汉武帝置十三刺史部之一,唐代辖境相当今山东潍坊市、益都、临朐、广饶、博兴、寿光、昌乐、潍县、昌邑等地。

[5] 《集韵》:韵书。宋丁度等奉诏修定。分平、上、去、入共十卷,收字五万三千余个,为研究文字训诂和宋代语音的重要资料。

[6] 蝑(xiè):盐藏的螃蟹。

[7] 糟蟹:用酒或糟腌制的螃蟹。

[8] 皂荚:亦称"皂角",可洗衣去污。

[9] 半梃(tǐng):半片。

[10] 税瑛:人名。身世不详。

[11] 夜:古通"液"。

[12] 车螯:蛤的一种。是肉味鲜美的水生动物。

将"胥"写作"蝑",音"卸"。

淮南地区做糟蟹,一缸要装几十只,如果放入半片皂角,保存一年也不会澌。税瑛说:螃蟹用糟汁泡上就不会澌。

车螯,又叫作车蛾。

视肉①

《山海经》②:"狄山③有视肉。"注:"聚肉,形如牛肝,有两目,食之无尽,寻复生如故。"陶弘景《刀剑录》④:"汉章帝⑤铸一金剑⑥,投于伊水⑦中,以厌⑧人膝⑨之怪。"按《水经》⑩云:伊水有一物如"人膝",头有爪,人浴辄没,不得出。《宋江隣几杂志》(一作《宋小说》)云:徐稹廷评监税庐州⑪。河次⑫,得一小儿手,无

① 视肉:《山海经·海外南经》载"爰有视肉"。

② 《山海经》:古地理著作。十八篇。作者不详,各篇著作时代亦无定论。内容主要为传说中的地理知识,保留了不少远古的神话传说。

③ 狄(dí)山:"北狄"居住的地区。狄,古族名。主要居住在北方,统称北狄。

④ 陶弘景《刀剑录》:陶弘景,南朝齐梁时期道教思想家、医学家。字通明,自号华阳隐居。丹阳秣陵(今南京)人。多医书、药书著作,《刀剑录》为其所著。

⑤ 汉章帝:刘炟,东汉皇帝,公元76—88年在位。

⑥ 金剑:铜剑。

⑦ 伊水:伊河。源出河南卢氏县东南闷顿岭,东北流经嵩县、伊阳、洛阳等地入洛河。相传禹治四水,伊水为先。

⑧ 厌:古通"压"。

⑨ 人膝:传说中的一种怪物。

⑩ 《水经》:书名。我国第一部记述河道水系的专著。

⑪ 庐州:古庐子国。隋置庐州。明初立江淮行省,不久改庐州府。今安徽合肥。

⑫ 河次:由河道行进,中途停留。次,作停留解。

指，惧而埋之。一有后以问人，人曰：按《白泽图》，所谓封（即"埲①"），食之多力者也。视肉盖此类。今绝不闻。

按：埲，土精也。如手，在地中，食之无疾。音博腔切。②

【译】《山海经》记载：狄山有视肉。注："视肉"又名"聚肉"。形状如牛肝，有两眼，其肉边吃边长，怎么吃也吃不完。南朝齐梁时期的陶弘景在《刀剑录》里记有汉章帝铸一把铜剑投到伊水里，去镇压被称为"人膝"的怪物。按《水经》说：伊水有一个东西，好像人的膝头，头上有爪，人如果下水洗澡，遇上它，就要沉没，不能起来。《宋江隣几杂志》（也有写作《宋小说》的）说：徐稹廷在庐州担任评监税官的时候，行船在河中停留，拾得一个东西，像小孩手，但没有手指，见了害怕，就把它埋掉了。过后将这件事提出询问别人，答道：按照《白泽图》对照，你所见的就是所谓的"埲"，吃了能补养身体，增加力气。视肉就是这一类东西。但是今天可从来没有听说哪里有这样的东西。

按：埲，就是土精。像手掌，生在地里，吃了不生疾病。

---

① 埲（bāng）：古书上说的一种药物，形如手掌。

② 按语为作者所加。

竹笋江鱼

杜子美《送人迎养诗》："青青竹笋迎船出，白白江鱼入馔①来。"用孟宗、姜诗②事。韦苏州③《送人省觐诗》亦云："沃野收红稻，长江钓白鱼。"又云："洞庭④摘朱菓⑤，松江⑥献白鳞⑦。"然杜不如韦多矣！"青青"字自好，"白白"近俗，有似儿童"白白一群鹅，被人赶下河"之谣也，岂大家语哉！

【译】杜甫《送人迎养诗》有"青青竹笋迎船出，白白江鱼入馔来"的句子。意即岸边青青嫩笋迎船而出，江中白白的鲜鱼送作菜来。用韦应物为孟云卿因作诗之事来访而写的《送人省觐诗》来看，也有"沃野收红稻，长江钓白鱼"和"洞庭摘朱菓，松江献白鳞"这样意境相似的诗句。然而杜甫的诗句比起韦应物来差多了！杜诗的"青青"二字固然用得好；但"白白"二字就有点俗了。好像儿童作的"白白一群鹅，被人赶下河"这样的民谣了。哪

---

① 馔（zhuàn）：食品；饮食。这里作菜肴解。

② 姜诗：似应为"王祥"。出民间《二十四孝》传说中孟宗哭竹生笋和王祥卧冰出鲤的故事。

③ 韦苏州：韦应物，唐诗人。京兆长安（今属陕西省）人。曾为苏州刺史，故有韦苏州之称。

④ 洞庭：湖南洞庭湖。

⑤ 朱菓：红橘。朱，红色。

⑥ 松江：吴松江。

⑦ 白鳞：白色的鱼鳞，这里指鱼。

里像大诗人的语句呢!

嘉鱼

嘉鱼^①出丙穴^②，多脂，煎不假^③油也。

【译】嘉鱼出产在丙穴，富含脂肪，煎不用油。

金^④齑^⑤玉^⑥脍^⑦

吴^⑧人制鲈鱼鲊^⑨、鲫子腊^⑩，风味甚美，所称金齑玉脍也。鲈鱼肉甚白，杂以香杏花叶，紫绿相间，以回回豆子^⑪、一息泥^⑫、香杏腻^⑬坋^⑭之，实珍品也。鲫子鱼腊亦然。

---

① 嘉鱼：卷口鱼，古称"鮇（mò）"。鱼纲，鲤科。富含脂肪，味鲜美。

② 丙穴：古有四说，其中三处产嘉鱼。一在陕西略阳县东南，与沔县接界的大丙山之丙穴，有鱼穴二所，产嘉鱼；一在四川城口县南的井峡中，有穴十处，产嘉鱼；一在四川雅安县南五十里，有嘉鱼；一在四川广元北二十五里汉水之南，出鱼肥美，也名丙穴，但不称"嘉鱼"。

③ 假：此处作"凭借"解。

④ 金：黄色。

⑤ 齑：切碎的腌菜。

⑥ 玉：白色。

⑦ 脍：切细的鱼片。

⑧ 吴：古地名。在今江苏、上海、安徽、浙江等省市部分地区。

⑨ 鲈（lú）鱼鲊（zhǎ）：腌制的鲈鱼。鲈，鱼名。鲊，经过加工的鱼类食品。

⑩ 鲫（jí）子腊（xī）：鲫鱼干。鲫，鲫鱼。

⑪ 回回豆子：回回，从明清时期文献看，主要指回族或回教。本方作者说："回回，香料也。"如是香料，似当作"茴"。这里的"回回豆子"，疑是回族居住地区所产的一种豆类。

⑫ 一息泥：辣椒的别称。

⑬ 香杏腻：有香味的杏仁油。腻，油脂。

⑭ 坋（fèn）：涂饰，此处作调和解。

回回豆子，细如榛子①，肉味甚美。一息泥，如地椒②。回回，香料也。香杏腻，一名"八丹杏仁"，元人《饮膳正要》③多用此料。

鲚子鱼，今京师名鮆鳡鱼④。

【译】江、浙一带的人制作的鲈鱼干和鲫鱼干，色、香、味都很美，被誉为"金齑玉脍"。鲈鱼的肉很白，调和入香杏的花和叶，其色紫、绿相间，然后以回回豆子、辣椒和香杏仁油调和，实堪称珍贵的食品了。鲫鱼干也是一样的，回回豆子的大小如榛子，味道很好；一息泥，就是辣椒；回回是一种香料；杏仁油，又名"八丹杏仁"，元代人编写的《饮膳正要》里面，多数食品记有配用这些原料。

鲚子鱼，今京城的人称为鮆鳡鱼。

---

① 榛子：植物名，落叶灌木或小乔木。有小果，种子可食和榨油。
② 地椒：椒类分木本、草本两类。地椒指草本辣椒。
③ 《饮膳正要》：元代忽斯慧撰。是一本记述食疗方法的书。
④ 鮆（jì）鳡（jī）鱼：一种刀形的鱼，多产于岷江及长江。

蔬菜奇特食品

侯骚① 蘲荠②

《广志》云:"侯骚蔓生,子如鸡卵,既甘且冷,轻身、消酒,又名简子藤。"萧子云③赋:"所谓简子,秋红也。"魏武帝④食品曰:"蘲荠,子如弹丸。"二物奇品,唐人赋中尝引用之。

【译】《广志》记载:"侯骚,是一种有藤的草本植物,结的籽好像鸡蛋。味甜,性冷,能消除疲劳和醒酒。又名简子藤。"南朝萧子云在赋里说:"所谓的简子,就是秋红。"魏武帝曹操的食品记载中说:"蘲荠菜,结的籽好像弹丸。""侯骚"和"蘲荠"这两种菜,都是很奇特的食品。唐代文人在赋中曾引述过。

爊蠡⑤

爊蠡,烧酪也。出《汉书》。按:蠡,蚁属。曹大家⑥

---

① 侯骚:草名。

② 蘲(lì)荠:菜名,即荠菜。野生者四川称"狗地芽"。

③ 萧子云:南朝梁兰陵(今江苏常州西北)人,字景桥。通文史。

④ 魏武帝:曹操。三国时封魏王,其子曹丕称帝,追尊为武帝。

⑤ 爊(mī)蠡:干酪。用马、牛、羊乳熬炼成的油脂,今称酥油。

⑥ 曹大家:班昭,东汉史学家。班彪之女,班固之妹。其兄班固死后,《汉书》的八表及天文志遗稿散失,班昭奉命续修。其夫名曹世叔,故被称为曹大家。著有《东征赋》等。

《东征赋》："登巢喙蠡①。'胡人②爙蠡'。亦犹是邪！"今中国亦有取蜂螌为醢者③，即其遗也。

【译】爙蠡，就是干酪。出自《汉书·扬雄传》。按：蠡，属蚁类。东汉史学家班昭在《东征赋》里记有：登巢喙（椓）蠡。北方民族的"爙蠡"，也可能就是一样的吧！今中原地区有取蜂为酱的，就是这种方法的流传。

蜜唧

岭南④獠人⑤，好食蜜唧。取鼠胎未瞬⑥，通身赤⑦蠕⑧者，淹之以蜜，钉⑨之筵上盘内，蹑蹑⑩而行，挟取啮之，唧唧有声，号曰蜜唧。东坡《岭南诗》："朝盘见蜜唧，夜枕闻鸺鹠⑪。"

---

① 登巢喙（huì）蠡：《文选》班昭《东征赋》中记为"谅不登巢椓蠡兮"。椓（zhuó），此处作敲打解。登巢，古南方民族营巢而居。喙，作嘴解。蠡，此处当螺解。椓蠡，即是敲击螺丝。作者将"椓"易为"喙"，疑有误。

② 胡人：古代对北方和西方少数民族的泛称。

③ 取蜂螌（fàn）为醢者：以蜂制酱。螌，通"范"，即蜂。醢，肉酱。

④ 岭南：泛指五岭以南。

⑤ 獠人：对南方少数民族的鄙称。獠，凶恶。

⑥ 鼠胎未瞬：未睁眼的幼鼠。

⑦ 赤：裸露无毛。

⑧ 蠕（rú）：虫爬行的样子。

⑨ 钉（dīng）：陈列食品。

⑩ 蹑（niè）蹑：小步。

⑪ 鸺（xiū）鹠（liú）：鸟名。据《山海经·北山经》记载，此鸟出在饶山（今属广西境地）。

【译】岭南地区的少数民族，喜欢吃蜜唧。就是将尚未睁眼、通身裸露无毛、只能像虫那样爬动的幼鼠，用蜂蜜浸泡，陈列在宴席的盘子里，尚能微微爬动，夹入嘴里咬时，唧唧地发出叫声，因而取名"蜜唧"。苏东坡《岭南诗》即有"朝盘见蜜唧，夜枕闻鸺鹠"的句子。

鸡菌①

蔡氏②《毛诗名物解》③引《庄子》④云："鸡菌不知晦朔⑤。"鸡菌，菌如鸡冠也。与《庄子》云："牂生于突⑥"义相叶⑦。故云南名佳菌曰"鸡㙡"（疑为"堫⑧"），鸟飞而敛⑨足，菌形如之，故以鸡名，有以也。

【译】蔡邕在《毛诗名物解》里引用《庄子》的话说："鸡菌不分时节的迟早。"之所以叫鸡菌，是因为那种菌子像鸡冠一样。与《庄子》说的"牂羊在于头部生长得突出"

---

① 鸡菌：鸡㙡（zōng），为白蘑科植物鸡㙡的子实体。是食用菌中的珍品之一。鸡㙡菌肉厚肥硕，质细丝白，味道鲜甜香脆。

② 蔡氏《毛诗名物解》：蔡氏，即蔡邕，东汉文学家、书法家。字伯喈，陈留圉（今河南杞县南）人。蔡文姬之父。通经史，汉灵帝诏定"六经"文字。

③ 《毛诗名物解》：蔡邕著作之一。

④ 庄子：书名。亦称《南华经》；道家经典之一。庄周及其后学者著。

⑤ 晦（huì）朔：引申为迟早。晦，阴历月终；也指日暮。朔，阴历每月初一。

⑥ 牂（zāng）生于突：母羊的头如坟地那样突出。《诗经·小雅·苕之华》有"牂羊坟首"之句。牂，母羊。突，突出，突起。

⑦ 叶（xié）：通"协"，即协调一致。

⑧ 堫（zōng）：古通"种"，即以此入彼之中叫"堫"。

⑨ 敛（liàn）：收束。

的意思是一致的。如像云南把佳菌称呼为"鸡㙇",是因为那种菌子的形状就像雀鸟飞行时把足收束起来一样,故用鸡字命名。这是有一定原因的。

䪥①白韭黄

䪥之美在白;韭②之美在黄(䪥作薤)。

【译】藠头质量最好的标志,在于颜色很白;韭菜质量要好,则需经过精心培植的韭黄。

余甘煎③

制法同杨梅煎④、五味煎⑤也。

【译】咸甜汤的制作方法与杨梅汤、五味汤的制作方法相同。

---

① 䪥(xiè):同"薤",俗称"藠头"。我国广西、湖南、贵州、四川等地栽培最多,可作蔬菜和酱菜。

② 韭:韭菜。多年生宿根草本植物,是我国南北各地普遍出产的一种蔬菜。尤以四川新都县清白乡韭黄品质最佳。

③ 余甘煎:咸甜汤。余,古越人对盐的称谓。甘,甜味。煎,熬汤。

④ 杨梅煎:酸梅汤。

⑤ 五味煎:五味汤。

调味品类

女麴①

女麴，小麴也；茧糖②，窠丝糖③也；石蜜，糖霜④也；自然谷⑤，禹余粮⑥也。俱见《齐民要术》。

【译】女麴，就是麦粒制成的小麴；茧糖，亦名窠丝糖；石蜜，就是糖汁的结晶；自然谷，是一种名叫"禹余粮"的野生谷物。这些，《齐民要术》都有记载。

郭珍⑦蜜赋

散似甘露，凝如割肪，冰鲜玉润，髓滑兰香。

【译】蜂蜜液态时清如甘露，凝固时白如割下的脂肪。有如冰那么鲜、玉那么润、骨髓那么滑、兰花那样香。

竹蜜

竹蜜蜂⑧，蜀中有之。好于野竹上结窠，窠大如鸡子，

---

① 女麴：小麴。也有解为女人用精选过的完好麦粒制成的黄色子粒。女，古有卑小的意思。

② 茧糖：蚕茧状的糖果。茧，蚕茧。

③ 窠（kē）丝糖：将糖制成鸟兽巢穴状名"窠丝糖"。窠，巢穴。

④ 糖霜：糖汁经熬制而成的结晶体。也指野蜂酿于岩间晶状蜂蜜。

⑤ 自然谷：古代野生的一种谷类植物。

⑥ 禹余粮：古人把一种野生谷物认为是大禹为后代遗留的粮食。禹，指生于四川西羌地区的古代帝王大禹。

⑦ 郭珍：人名，生平不详。著有《蜜赋》。

⑧ 竹蜜蜂：野蜂之一。

蜜并①绀色②，甘倍常蜜。

【译】竹蜜蜂，四川就有。喜欢在山野竹枝上结窝。结的窝有鸡蛋那么大。其蜜与窝都呈青色。味比平常家蜜甜得多。

刺蜜③

《梁四公子记》④："高昌国⑤遣使贡蜜，梁武帝⑥遣杰公迓之⑦。谓之曰：'刺蜜是盐城⑧所产，非南平城⑨者'，使者不能讳。帝问杰公，对曰：'南平羊刺⑩无法，其蜜色白而味甘；盐城羊刺叶大，其蜜色青而味薄，是以知其伪也。'"

"杰"字，止见此，音曷，今人以为豪傑之"傑"，误矣。

【译】《梁四公子记》一书有这样的记载："高昌国

---

① 并：同样。

② 绀（gàn）色：天青色。

③ 刺蜜：枣花蜜。枣树多刺，枣花多蜜，故称枣花蜜为"刺蜜"。

④ 《梁四公子记》：书名。亦作《梁四公记》《四公记》，一卷。撰人说法不一。应出自唐人之笔。书中叙南朝梁时四位明古今史地、知殊方异物的硕学人在梁武帝和其廷臣前所作对答。

⑤ 高昌国：古城国名。公元443年立国，南朝梁代，高昌国拥有今新疆吐鲁番盆地及其附近地区。

⑥ 梁武帝：萧衍。南朝梁的建立者。

⑦ 遣杰公迓（yà）之：派杰公去迎接。杰公，人名，梁四公子其一号杰。迓，迎接。

⑧ 盐城：县名。汉盐渎县，晋改名盐城，在今江苏盐城西北。

⑨ 南平城：古南平县，汉置。故城在今湖南省。

⑩ 羊刺：古代枣别名"羊角"。枣树多刺，故称"羊刺"。

派遣使者向梁王朝贡献蜂蜜。梁武帝命杰公去迎接。杰公对使者说：'你送来的枣花蜜是盐城出产的，不是南平城出产的。'使者不敢隐瞒，承认如杰公所说。梁武帝问杰公怎么知道的？杰公答道：'南平城枣树开花时无叶，故所产的蜜色白而味特别甜；盐城枣花开时叶大，所产的蜜颜色带青而甜味较淡。因此，一看就认出了这是用盐城刺蜜冒充南平城刺蜜。'"

"杰"字，在这里初次出现。按《正字通》音曷，今天的人以为是豪傑的"傑"，是错误的。

蒟酱①

嵇含《南方草木状》②云："蒟酱，荜茇③也。"大而紫曰荜茇，小而青曰蒟酱。可以调食，故曰酱。今永昌④人犹以荜茇为豆豉，是可证也。自《本草注》⑤以蒟酱为

---

① 蒟（jǔ）酱：一作"枸酱"。一种用胡椒科植物做的酱。味辛而香。《史记·西南夷列传》载，汉时独蜀出蒟酱。汉武帝使臣在南越（今两广、越南）见蒟酱，因而知由蜀经夜郎（今贵州）往南越的通道。

② 《南方草木状》：书名。晋嵇含撰。永兴元年（公元304年）问世。记载当时生长在我国广东、广西以及越南的植物，共八十卷。是我国现存最早的植物学文献之一。

③ 荜（bì）茇（bō）：一作"荜拔"。多年生藤本植物。叶卵状心形；花小，雌雄异株，穗状花序；浆果卵形。原产印尼、越南、菲律宾等地。中医入药，味辛，古南方人爱其辛香，取其叶做菜或做调味品。

④ 永昌：汉置永昌郡，明为永昌府，今云南保山。

⑤ 《本草注》：中药书名。即梁陶弘景《本草经集注》。

槟榔①、蒌子②，非也。佐③槟榔、蒌子，自名扶留藤。见《蜀都赋》④，《草木状》亦具。列于槟榔条下，与蒟酱全不同。

【译】西晋嵇含编撰的《南方草木状》说："蒟酱就是荜茇。"其实体形较大而呈紫色的叫荜茇，体形较小而呈青白色的是蒟酱。因为可以作调料食用，故称为"酱"。今永昌人还在用荜茇做豆豉，即可证明这点。南朝梁陶弘景的《本草经集注》将蒟酱解为槟榔、蒌子，就搞错了。配合槟榔和蒌子食用的植物，本名"扶留藤"。蒟酱见于左思《蜀都赋》。嵇含的《草木状》里也有记载，列在槟榔条后面，蒌子的性状与蒟酱完全不同。

薂⑤

（即艾子）

薂，鱼即切。《说文》《玉篇》⑥俱云"煎茱萸也"。

---

① 槟榔：棕榈科，常绿乔木，羽状花叶，小叶尖端呈截断状。

② 蒌子：亦称"蒟酱"，气味似"荜茇"，但性能稍异。

③ 佐：补助，配合。

④ 《蜀都赋》：西晋左思著《三都赋》之一。假想西蜀公子与东吴王孙交谈，称颂三国时蜀都的形胜、物产、宫室。

⑤ 薂（yì）：草名，即茱萸。

⑥ 《玉篇》：字书。南朝梁陈之间顾野王撰，三十卷。体例仿《说文解字》，收字一万六千多，原本只存残卷。

汉①令②会稽郡③岁贡藙子一斗。字一作"艾"。扬雄④《蜀都赋》："木艾椒蘺⑤。"《本草》："蜀州食茱萸甚高大，有长及百尺者，蜀人呼其子为艾子。"宋景文公⑥《艾子赞》⑦曰："绿实若萸，味辛香苾⑧，投粒羹臛⑨，椒桂之匹。"范石湖《成都古今记》⑩云："艾子，茱萸类也。实正绿，味辛，蜀人每酒辄以一粒投之，少顷香满盂盏⑪。"或曰："作膏尤良。"文安⑫云："食茱萸高者寻丈馀，与吴茱萸相似。"但吴茱萸粒小，久则色青；蜀茱萸粒大，久则色黄。其所谓艾子者，非茱萸也。木高竦，叶小，花黄，其子类茱萸，八月土人采而糜之，滤其渣，名曰"艾

---

① 汉：汉朝。

② 令：命令；安排。

③ 会稽郡：秦置，今江苏东部、浙江西部地区，初治吴（今江苏吴县），后移治山阴（今浙江绍兴）。

④ 扬雄：西汉文学家、哲学家、语言学家。字子云，蜀郡成都（今四川成都）人。曾作有《蜀都赋》。

⑤ 蘺（lí）：古书上说的一种香草。

⑥ 宋景文公：宋祁。宋庠弟，字子京，安陆人。与兄同登天圣初进士。与欧阳修同修《唐书》。卒谥景文。有《宋景文集》等。

⑦ 《艾子赞》：宋景文公所著。

⑧ 苾（bì）：浓香。

⑨ 臛（huò）：肉羹。

⑩ 范石湖《成都古今记》：范石湖，即范成大。南宋诗人，字致能，号石湖居士，绍兴进士，曾任四川制置使，《成都古今记》为其笔记之一。

⑪ 盂盏：这里指酒器。

⑫ 文安：人名。身世不详。

油"，以烹笋、蕨，今渝①、泸②皆有之。是艾，不甚辛，可以为油；而茱萸则大辛，采之，其气即薰目，不可縻而为油也。今土人林园并种之。茱萸则干之以烹茶；艾子则取其油以烹蔬③。彼此异形殊用，《本草》合而为一，误矣！又谓閒目者④名樧⑤子，不堪食。按《礼记》云："三牲用。"《通志》⑥云："樧子曰食茱萸，又曰樾⑦。"《博雅》⑧云："樧、樾、吴茱萸俱名莪。"《尔雅翼》⑨云："'三香'椒、樧、姜也。所谓'莪'与'艾'者，声讹耳。"慎按公之说是也。但"莪"与"艾"非声讹，二字可互呼，如刈草之"刈"，采艾之"艾"，字皆从"乂"。其例《本草》云："食茱萸本字不误，盖一物相似，有食茱萸、药茱萸之分，如川芎有茶芎、药芎之别也。"

【译】"莪"字音，鱼即相拼。《说文解字》和《玉

---

① 渝：今重庆。

② 泸：今四川泸州。

③ 蔬：指蔬菜。

④ 閒目者：应作"间目者"解，即其中有子如眼珠的。閒，古与"间"字通用。

⑤ 樧（dǎng）：木名。茱萸类。

⑥ 《通志》：书名。南宋郑樵撰，二百卷。成书于高宗绍兴三十一年（公元1161年），是综合历代史料的通史。

⑦ 樾（yuè）：道旁成荫的树。

⑧ 《博雅》：书名。即《广雅》，训诂书，三国魏张揖撰。隋代避炀帝杨广讳，改名《博雅》。后复原名。

⑨ 《尔雅翼》：训诂书。三十二卷，宋罗愿撰。分草木鸟兽虫鱼六类。体例仿《尔雅》。

篇》这两部书都解释为"煎茱萸"。汉代命令会稽郡每年用一斗藙子向朝廷纳贡。"藙"字有时也写作"艾"。西汉文学家扬雄所作的《蜀都赋》里有"木艾椒蘺"的句子。《本草》里也记有:"蜀州食茱萸甚高大,有长达百尺的,蜀人把它结的子叫成'艾子'。"北宋宋祁在《艾子赞》那篇文章里写道:"绿色的果实好像茱萸,滋味辛辣而且馨香。投一颗籽粒到肉羹里,其调味效果堪与花椒、胡椒和桂花相比。南宋做过四川行政长官的范成大在《成都古今记》的笔记里写道:"艾子,就是茱萸类。果实颜色正绿,味辛辣,四川人每喝酒则以一粒放入酒中,一会儿,满盂盏的酒都是香的。"又说:"用它做膏的香料更好。"文安说:"食茱萸,高的有七八尺以至一丈多,与吴茱萸形状相像。"但吴茱萸颗粒很小,成熟了颜色是青的;蜀茱萸籽粒大,成熟后颜色变黄。前面所说的"艾子",其实不是"茱萸"。艾子木很高,叶小,花黄,结的子类似茱萸。阴历八月间,当地百姓采集起来烹炒竹笋和蕨苔。今渝州、泸州地区都有这种作物。如果是"艾",味不太辛辣,可以取油;而茱萸则特别辛辣,采摘时它的气味熏眼睛,但不能磨碎取油。现在当地人的林园里同时种植。茱萸主要是用它来烹茶;艾子则是用它取油炒菜。彼此形状有差异,用途也不相同,而《本草》把这两种混为一种,其实是搞错了。又说:其子如像眼睛的,名叫榄子,不能吃。《礼记》说作"三牲"用。宋郑樵在《通志》中说："樧子"叫"食茱萸"，又称"樾"。三国时魏张揖在《广雅》中说："樧、樾、吴茱萸"三种都名"藙"。宋罗愿撰的《尔雅翼》说："椒、樧、姜是'三香'。所说的'藙'和'艾'，是因为音相近而搞混了。"我则采取大多数人所公认的说法。其实"藙"与"艾"并不是声相错讹，二字本可互呼。如刈草的"刈"，采艾的"艾"，两字皆从"乂"。正如《本草》所记的"食茱萸"的字并没有错，形状也相似，但有"食茱萸""药茱萸"之分；正如川芎有"茶芎"和"药芎"之分一样。

八拗①

芝麻油，有八拗。谓雨旸②时薄收，大旱大收；开花向下，结子向上；炒焦厌③榨才得生油；膏车则滑，钻针则涩④也。

【译】芝麻油有八种反常的情形，即雨水调匀时收成不好，天大旱反而丰收；开的花瓣朝下，结的果实却又向上；炒焦压榨才能出油，不炒焦反而榨不出油；用芝麻油擦拭车轴使之润滑，但用来钻针却很涩。

---

① 拗（ǎo）：违逆；违拗。即相反。

② 雨旸（yáng）：雨晴相间，有雨有晴。旸，日出，晴天。

③ 厌：古与"压"通用。

④ 涩：不滑润。

伞子盐

朐䏰①县盐井,有盐方寸②,中央隆起,如张伞,名曰伞子盐。朐䏰,今之夔州府③万流驿④地名。

【译】朐䏰县盐场,有一寸大小的块盐,中间凸起,形状好像雨伞张开,因名"伞子盐"。"朐䏰"就是今夔州府万流驿境内的地名。

树盐

《陈藏器本草》⑤:"盐麸树,一名叛奴盐,蜀人谓之酸桶。"《博物志》⑥云:"酸桶七月出穗,蜀人谓之主。主意穗,其字从一、从凵⑦、从土,与主客之'主'不同。" 今按《博物志》无此文。"酸桶"亦不知为何树。

---

① 朐(chǔn)䏰(rùn):汉置朐䏰县。北周改为云安。故城在今四川云阳西北。

② 方寸:直径一寸。比喻其小。

③ 夔州府:奉节县。明夔州府治。

④ 万流驿:在湖北巴东西五十里大江北岸。接四川巫山。

⑤ 《陈藏器本草》:陈藏器,人名。唐鄞(宁波)人。精于医,因《神农本草》挂漏较多,故撰《本草拾遗》,世称《陈藏器本草》。

⑥ 《博物志》:笔记,西晋张华撰,十卷。多取材于古书,分类记载异境奇物及古代琐闻杂事,也宣扬神仙方术。

⑦ 凵(kǎn):古同"坎"。

《一统志》①载："女直国②盐生木枝上"，即此类。中国亦有之，今人不知取之耳。

按：欓栙③生吴、蜀山中，子有盐如霜，滇④中名"盐霜果"。

【译】唐陈藏器所著《本草拾遗》记载："盐麸树，又名'叛奴盐'，四川人称为'酸桶'。引西晋张华编撰的《博物志》说：'酸桶'七月出穗，四川人称之为'主'。并说'主'，音'穗'，其字从一、从凵、从土，与主客的'主'字不同。"（按其意，"主"古写作"坓"——译者）这是唐代陈藏器所引《博物志》的记载，按今本《博物志》则没有这样的记载。因此，"酸桶"也不知是什么树。《大明一统志》记载："女直国有盐生长在树枝上"，想必就是这类。我们中原地区也有的，只不过是今天的人不知道取来用罢了。

按：欓栙，生长在江浙和四川的山谷里，结的子有盐如霜，云南人称为"盐霜果"。

---

① 《一统志》：指《大明一统志》。明官修地理总志。书成于天顺五年（公元1461年），九十卷。

② 女直国：古女真国。后为大金所灭。与契丹融合，因避契丹主宗真讳，改为女直。地处我国东北辽阳地区。

③ 欓（fū）栙（yán）：木名，叶如椿树叶，古生长在我国江浙及四川等地山谷中。

④ 滇：云南的简称。

饮食掌故

丰馈①

《书集》②：谢人谒食③曰："昨损丰馈"；又曰"芳饪④"。见《何曾传》⑤。

【译】南宋蔡沈编撰的《书集传》里记载：别人请自己吃了东西后，为表示感谢，可以说"昨损丰馈"。也可以称对方所进食物为"芳饪"。此说法参看《晋书·何曾传》。

饮食之侈⑥

"内典⑦"言："饮食之侈曰炮⑧凤烹龙，雕蚶镂蛤⑨，文⑩杯镂案，画卵雕薪⑪。"

---

① 丰馈（kuì）：招待人的丰富饮食。

② 《书集》：《书集传》，南宋蔡沈撰，六卷。蔡沈系朱熹弟子，注《书经》较《尚书孔氏传》清晰。元、明时期作为科举取士的标准经注之一。

③ 谒（yè）食：请吃。

④ 芳饪：美味的食物。芳，此作美味解。饪，熟食。

⑤ 《何曾传》：《晋书·何曾传》。何曾，西晋大臣，字颖考，陈国阳夏（今河南太康）人。曹魏时官至司徒，曾参与司马懿与曹爽争权及司马炎代魏的活动。西晋初任丞相、太傅等官职。生活奢侈，日食万钱，还说无下箸处。死后博士秦秀谥为"缪丑"。

⑥ 侈（chǐ）：奢侈。

⑦ 内典：佛教徒自称佛教的典籍为"内典"，佛教以外的典籍为"外典"。

⑧ 炮：此处通"庖"。

⑨ 雕蚶（hān）镂蛤：雕、镂，即雕刻。蚶、蛤，皆水生动物，我国出产的著名食用贝类。此处意为雕刻成蚶蛤的形状。

⑩ 文：花纹，此处作动词解，即刺画。

⑪ 薪：作燃料的木材。此处作树木解。

【译】佛家的典籍记载："饮食最奢侈的，莫过于用人工炮烤成凤凰，烹饪成蛟龙，雕刻成蚶蛤之类的水产，设置上刺画花纹的酒杯，精雕细刻的桌案，再陈列做工精制的禽蛋，艺术加工成的树木。"

祛①疑说

酒、醋遇弦②而生涎③；糟、酱逢潮④而作涌⑤；鸡子⑥日中则正，日邪则偏。

【译】酒、醋遇到弦月时就会产生涎状醋母子；糟、酱逢上涨潮期就会发酵而冒水；受了精的鸡蛋在太阳当顶时会自动转正，太阳偏邪时也随之偏邪。

冰厨⑦

夏日供帐饮食处⑧曰冰厨。见于《绝书⑨·囷庐·庖所》也。

【译】夏季庖制干粮和冷食物品，以备在野外张设帷

---

① 祛（qū）：除去。

② 弦：月缺如弦。阴历初七、初八，月缺上半叫上弦；二十二、二十三，月缺下半叫下弦。

③ 涎：涎糊状液体。此处指醋母子。

④ 潮：因月球和太阳对地球各处引力不同，周转中所引起的海水定时涨落叫"潮"。

⑤ 涌：水向上冒。

⑥ 鸡子：这里指受过精的鸡蛋。

⑦ 冰厨：庖制干粮和冷食物品的地方。冰，凝固；冷。厨，庖室。

⑧ 帐饮食处：在郊野设帷帐饮食的地方。帐饮，亦作"张饮"。在郊野设置帷帐饮食。

⑨ 《绝书》：一称《越绝书》。东汉袁康撰。记有吴越二国史地。多采传闻异说。

帐饮食的地方，叫作"冰厨"。此说在《越绝书·阖庐·庖所》的篇章里有记载。

毕罗①

朱文公②《刈麦诗》："霞觞③幸自夸真一，垂④钵⑤何须问毕罗。"《集韵》⑥："饆罗，修食⑦也。"按《小说》⑧唐宰相有樱笋厨食之精者，有樱桃饆罗。今北人呼为波波，南人讹为磨磨。

【译】南宋朱熹在《刈麦诗》里有这样的诗句："霞觞幸自夸真一，垂钵何须问毕罗。"宋丁度等修订的《集韵》有"饆罗"作"修食"解。按照《宋小说》上的记载，唐朝宰相用膳，有如"樱笋厨食"那样精美，有什么"樱桃饆罗"。所谓"饆罗"，今北方人称为"波波（饽饽）"；南方人则错讹地称为"磨磨（馍馍）"。

---

① 毕罗：始见于唐代著述的一种包有馅心的面点食品。唐代蕃中毕氏、罗氏喜食此味，故名。因属食品，后人加"食"作"饆饠"。

② 朱文公：朱熹。南宋哲学家、教育家。字元晦，一字仲晦，号晦庵，有《晦庵先生朱文公文集》。

③ 霞觞（shāng）：赤色的酒器。霞，赤色云气。觞，盛酒饮器。

④ 垂：布。

⑤ 钵：食器。

⑥ 《集韵》：韵书。宋丁度等奉诏修定。收字五万多，比《广韵》增倍余。是我国研究文字训诂和宋代语言的重要资料。

⑦ 修食：很考究的饮食。修，修饰。

⑧ 《小说》：疑指《宋小说》，亦称《宋江邻几杂志》。

鬭①钉

《食经》②:"五色小饼作花卉、禽兽、珍宝形,按抑③盛之盒中,累积名曰鬭钉。"今人犹云"钉果盒","钉春盛"是也。俗书作"鬭钉",非也(今人作馉钉)。

【译】《食经》记载:"将做成花卉、禽兽和珍宝等形状的五色小饼,按压装入盒子里,堆积起来,叫作鬭钉。"今天的人仍称呼为"钉果盒"的,实际是"钉春盛";民间书写成"鬭钉",是错误的。(今人把"鬭钉"写作"馉钉")。

凶年减膳

凶年④则人君⑤减膳⑥。《白虎通》⑦曰:"一谷不升⑧,撤鹑鴂⑨;二谷不升,撤凫⑩雁⑪;三谷不升,撤雉⑫兔。"

【译】遇上灾荒年景,作为帝王或国君等权位很高的

---

① 鬭(dòu):古作结合解,后与鬥(斗)争的"鬥"同义。
② 《食经》:书名。古记述饮食的著作。
③ 抑:向下压。
④ 凶年:灾荒之年。
⑤ 人君:泛指帝王、国君和权位很高的统治者。
⑥ 减膳:节省饮食。
⑦ 《白虎通》:书名,即《白虎通义》。东汉班固等编撰。
⑧ 一谷不升:据《春秋·谷梁传》:"一谷不升为歉,二谷不升为饥,三谷不升为馑……五谷不升为大饥。"皆指农业受灾减产程度。升,指收成。
⑨ 鹑鴂:为鹑、鴂两种鸟。
⑩ 凫:野鸭。
⑪ 雁:天鹅。
⑫ 雉:野鸡。

首领，都要缩减饮食。东汉班固等编撰的《白虎通义》就有这样的记载：一谷不升（即粮食歉收），国君的菜肴中就不设鹑、鴽；二谷不升（即粮食受灾减产，百姓受到饥饿），国君的菜肴中就不设野鸭、天鹅；三谷不升（连蔬菜都减产时），则雉鸡、兔子一类的野味，在国君的饮食中也被免去了。